AF393859

Nach 10 Jahren, in denen Christian durch eine emotionale Hölle gegangen ist und die er nur knapp überlebt hat, kann er nun endlich seinen Plan in die Tat umsetzen und sich an den Menschen rächen, die ihn fast zerstörten.
Perfide geplant, entführt er die Kinder seiner Peinigerinnen, nicht um Lösegeld zu fordern, sondern den Freitod der Mütter.
Alles verläuft nach Plan, er scheint Chefermittler Tomic immer einen Schritt voraus zu sein, doch das Schicksal hat noch eine Wendung für ihn parat, als Angela in sein Leben tritt und damit sein Gerüst aus Rechtfertigungen und Sicherheiten ins Wanken bringt.
Ein letztes Mal scheint er die Chance zu bekommen aus dem Dunkel aus Gewalt, Lügen und Enttäuschungen auszubrechen.
Oder ist es doch schon zu spät dafür?
Er gibt der Liebe eine letzte Chance, doch auch dieses Mal fühlt er sich getäuscht und betrogen, so dass er keine Wahl zu haben scheint, als den eingeschlagenen Weg zu Ende zu gehen.
In der Eskalation wird ihm eine Grenze aufgezeigt von etwas noch Dunklerem, etwas noch Zerstörerischem, etwas noch Subversiverem.
Am Ende gewinnt niemand, die Schicksale aller sind auf die eine oder andere Weise „zerschlagen".

Björn Kamlah, geboren 1974 in Celle, Niedersachsen, aufgewachsen im Zonenrandgebiet in Wittingen. Nach Abitur, Studium und Lehre folgte 2007 Hartz IV. Eine Zeit geprägt von Isolierung, Angst und Depressionen. Seine Geschichten und Drehbücher handeln von Menschen in diesen Zeiten und Situationen und versuchen darzulegen was diese Ächtung an Menschen anrichtet.

Björn Kamlah

zerschlagen
Psychodrama

Ein Drehbuch

Bibliographische Informationen der Deutschen Nationalbibliothek:

Die Deutsche Nationalbibliothek verzeichnet diese Publikation in der Deutschen Nationalbibliografie; detaillierte bibliographische Daten sind im Internet unter http://dnb.ddb.de abrufbar.

TWENTYSIX – Der Self-Publishing-Verlag

Eine Kooperation zwischen der Verlagsgruppe Random House und BoD – Books on Demand

© 2016 Björn Kamlah

Herstellung und Verlag:

BoD – Books on Demand, Norderstedt

ISBN: 9 783740 724696

INNEN – KELLER EINES HAUSES – SPÄTER ABEND

Kamera fährt langsam heraus. Man erkennt erst ein Auge, dann ein weinendes Auge, dann das Profil einer weinenden, schluchzenden Frau, Anfang 30, hübsch.

Sie sitzt auf einem Stuhl. Ein Mann, Mitte 30, legt der Frau sanft eine Hand auf die Schulter.

Die Frau schmiegt ihre Wange an die Hand.

DAVID PIELICH (mit gebrochener Stimme)

Es muss eine andere Lösung geben. Es muss! Ich ruf jetzt die Polizei.

NORA PIELICH (energisch/resolut)

NEIN!

DAVID (flehend)

Woher soll er das erfahren?

NORA (ruhig)

Willst du wirklich das Risiko eingehen? Wir haben nur noch 10 Minuten. Was soll in der Zeit passieren? Was sollen die in der Zeit machen? Bis die hier sind, ist die Zeit doch schon längst um. Die Option hatten wir vor ein paar Stunden und haben sie verstreichen lassen.

DAVID (flehend)

Ja, aber...

NORA (kreischend)

Was aber? WAS ABER?

                    (ruhiger)
Wir müssen das jetzt durchziehen.

                  DAVID (verzweifelt)
Es muss eine andere Lösung geben. Es muss!

                  NORA (bestimmend)
Es gibt keine. Schalt jetzt die Kamera an.

                  DAVID (flehend)
Nein, bitte...

                  NORA (ruhig)
Mach es. Los.

David geht zu einem Laptop und fährt ihn hoch. Er weint dabei.

Nora schaut stur zu Boden. Auf dem Laptopbildschirm erscheint Nora.

Zum ersten Mal sieht man hinter Nora die Schlinge eines Galgenstricks.

                  NORA (ruhig)
Online?

David nickt.

                  NORA (ruhig)
Geh jetzt.

                  DAVID (erschrocken)
NEIN!

NORA (bestimmend)

GEH JETZT! Wir wissen doch beide, dass du das nicht zulassen wirst, wenn du hier bist. GEH!

David geht langsam auf Nora zu, Tränen in den Augen.

Er umarmt sie und küsst sie zärtlich.

DAVID (flehend)

Nein!

NORA (ruhig aber mit Tränen in den Augen)

Ich liebe dich! Kümmer dich um LUCA. Erzähl ihm von mir.

David bricht zu Füßen von Nora zusammen.

DAVID

Nein!

NORA (flehend)

Bitte geh. Bitte! … Bitte!

David erhebt sich langsam, nimmt das Gesicht der Frau in beide Hände und küsst sie zärtlich.

Dann dreht er sich langsam um und geht schluchzend, immer wieder „Nein" murmelnd, die Kellertreppe hoch und verschließt die Tür.

Nora bricht in Tränen aus, atmet dann einmal tief durch und dreht sich zu dem Strick.

Sie nimmt den Stuhl und stellt ihn unter den Strick.

Langsam steigt sie auf den Stuhl und legt sich die Schlinge über.

Dabei fängt sie wieder zu weinen an. Sie atmet mehrmals kurz durch.

Die Kamera zeigt David.

Er kauert schluchzend in einer Ecke in der Küche.

Man hört dumpf einen Stuhl umfallen.

Vorspann

DRAUSSEN – IN EINER FUSSGÄNGERZONE – SPÄTER NACHMITTAG – HERBST

CHRISTIAN SALING geht langsam durch eine volle Fußgängerzone.

Alle um ihn herum hetzen durch die Fußgängerzone.

Christian geht betont langsam, sieht sich aber keine Schaufenster an. Er hat einen verlorenen, traurigen Gesichtsausdruck.

Aus dem Off:

Menschen töten, verletzen Stehlen, lügen und betrügen Egoismus überall Ellbogen in jedem Gesicht

Christian sieht zu ein paar Krawattenträgern, die arrogant und laut lachend vor einem Juwelier stehen.

War ich auch so?

Bin ich auch so?

Werde ich deshalb bestraft?

Seit Jahren bestraft.

Jedes Licht am Ende des Tunnels ist ein Irrlicht.

Das mich weiter ins Dunkel führt.

Jeder Schritt vorwärts wirft mich zwei Schritte zurück.

Jeder Erfolg führt zum nächsten Debakel.

Freundschaft bringt keine Liebe nur Verrat, immer Verrat, immer allein.

Ist es meine Feigheit?

Meine Schwäche?

Meine Schlampigkeit?

Mein Selbstmitleid?

Christian erblickt an einem Coffee-to-go-Stand JOHANNES "JAY" BENDER.

Christian kämpft sich durch die Menschenmassen in Richtung von Jay.

Er wird dabei von mehreren Passanten angerempelt.

Jay sieht in die andere Richtung.

CHRISTIAN

Hey Jay.

Jay dreht sich zu Christian und umarmt ihn freundschaftlich.

JAY

Hey Christian, Na wie geht´s?

CHRISTIAN

Naja weißt ja, muss ja, nützt ja nix.

                                JAY

Kaffee?

Ohne auf eine Antwort zu warten, bestellt JAY einen Kaffee, der ihm von dem Verkäufer in einem Becher gereicht wird. Jay bezahlt.

                                JAY

Schwarz?

Christian nickt.

Beide schlendern vom Kaffeestand weg. Niemand rempelt sie an, alle machen vorher einen Bogen um sie.

                                JAY

Und was machst du so die Tage?

                             CHRISTIAN

Sitzen und so. Wie immer halt.

                                JAY

Was'n los. Du wirkst so bedrückt.

                             CHRISTIAN

Ach ich habe wieder eine neue Sachbearbeiterin beim Jobcenter. Voll die Dumpfkuh. Anfang zwanzig, geschnittenes Weißbrot hat mehr Intelligenz und arrogant wie Westerwelle.

                                JAY

Auch so vernarbt?

CHRISTIAN (schmunzelnd)

Nee, das nicht.

(Wieder ernster)

Aber weißt du, die ist Anfang zwanzig. Ich könnte ihr Vater sein.

JAY

Ey, komm.

CHRISTIAN

Was denn? Als die geboren wurde, war ich 16 oder 18. Klar könnte ich ihr Vater sein, wenn da irgendwas schiefgegangen wäre. Alter, ich habe meinen Führerschein gemacht, als die geboren wurde.

Ich war schon ein Jahr alleine in den USA. Die ist nach dem Mauerfall geboren worden. Ich habe gewählt, als die geboren wurde.

JAY

Ja, ja ich hab´s ja kapiert. Sie ist jung. Sieht sie wenigstens gut aus?

CHRISTIAN

Glaubt sie? Ja. Tut sie? Nein.

JAY

Und wo ist das Problem?

CHRISTIAN

Das Problem ist, da sitzt eine Viertklässlerin und will mir erklären, wie das alles so läuft in der Welt. Warum ich seit 5 Jahren keinen „richtigen" Job mehr habe, etc. Aber noch nicht mal in meine Akte reingeschaut. Und schreiben ist kein richtiger Job für sie. Sagt mir allen Ernstes: „Da Sie sich ja entschieden haben, auf Kosten der Gemeinschaft zu leben…"

JAY (laut und überrascht)

WAS?

Christian nickt.

Alter, da wäre ich ja durchgedreht.

CHRISTIAN

Ich war so perplex, dass ich gar nichts gesagt hab.

Hätte mir das wer so privat gesagt, hätte ich ihm die Bonje abgerissen oder zumindest gefragt, ob er gerade einen Handstand macht, weil ja die Scheiße bei ihm soweit vom Boden entfernt rauskommt. Aber ich war so baff, ich hab nur dagesessen und gedacht, das kann doch alles nicht wahr sein. Also hab ich diese Hupfdohle auch noch bestätigt.

JAY

Ach komm, ärger dich nicht wegen so einer Schnepfe. Was ist denn eigentlich mit der WG Party morgen? Kommst du?

CHRISTIAN

Weiß nicht. Große Lust habe ich keine.

JAY

Ach komm schon. PATRICK kommt auch.

CHRISTIAN(verdreht die Augen)

Was ist mit SVEN und NICKY?

JAY

Weiß nicht genau.

Sven sagt, sie finden keinen Babysitter.

Seine Eltern sind selber weg und alleine will keiner von beiden da hin.

CHRISTIAN

Hmmm, wann willst du denn da hin.

JAY

Elf oder zwölf oder so.

Ich kann dich ja anrufen, wenn ich losgehe.

Bzw. ich treffe mich vielleicht vorher mit Patrick und geh dann mit ihm da hin.

CHRISTIAN

Ja ruf mal vorher an, dass ich weiß dass ihr auch da seid. Hab kein Bock darauf da alleine rumzustehen und mir all diese wichtigen Wannabees anzutun.

JAY

Okay, machen wir so. Ich muss jetzt los.

Was machst du jetzt noch?

CHRISTIAN

Ich brauch neue Schuhe. Jetzt wo das wirklich Winter wird, kommt das nicht so gut mit diesen Latschen. Die nässen von unten durch. Mal sehen, was ich so für ´nen Zwanni so bekomme.

JAY

Na denn gute Jagd.

Beide umarmen sich und Jay geht ab. Christian blickt ihm hinter her.

Christian wird angerempelt.

INNEN – BÜRORAUM MIT MEHREREN SCHREIBTISCHEN – SPÄTER NACHMITTAG

BRANKO TOMIC wirft seine Aktentasche auf den Schreibtisch, geht zu einer Kaffeemaschine an der Fensterseite und nimmt sich eine Tasse Kaffee. Er schaut nachdenklich aus dem Fenster.

Eine Frau tritt zu Tomic.

SONJA

Hey Tomic.

Tomic dreht sich halb zu ihr um und nickt ihr zu.

SONJA

Kommst du gerade aus der Wohnung?

Tomic antwortet nicht.

SONJA

Was ist denn das für eine kranke Scheiße wieder? Da entführt einer ein Kind, damit sich die Mutter umbringt? Ist das echt so?

Tomic brummt zustimmend, schaut aber weiter aus dem Fenster.

SONJA

Und das Kind ist wieder da?

Da Tomic nicht antwortet, geht Sonja ab.

Ein männlicher Kollege sieht fragend zu ihr auf.

Sie verdreht die Augen.

Tomic dreht sich vom Fenster weg, nimmt noch einen Schluck Kaffee und geht zu seinem Schreibtisch auf dem sich Akten stapeln und der generell sehr unordentlich aussieht und setzt sich. ARND MÜLLER setzt sich an den gegenüberliegenden Schreibtisch.

Er blickt zu Tomic.

MÜLLER

Ah Kaffee, ist noch welcher da?

Tomic nickt abwesend.

Müller steht auf und holt sich eine Tasse, geht dann zu seinem Platz zurück, setzt sich und nimmt einen Schluck.

MÜLLER

Ich habe vom Ehemann die Kontakte und Freunde der Frau. Soll ich die durchgehen? Glaub aber nicht, dass die ´ne große Hilfe sein werden. Er weiß angeblich von keinem Groll, den irgendwer gegen sie gehegt hat. Weder gegen sich, noch gegen seine Frau.

Tomic blickt auf.

TOMIC

Was hast du da? Freunde, Verwandte, Arbeit?

MÜLLER

Jupp.

TOMIC

Wie weit zurück?

MÜLLER

Wie „wie weit zurück"?

Na alles. Zumindest alles wovon der Typ weiß. Bei ihrer Arbeit ist sie auch schon ziemlich lange, 7 Jahre oder so. Da haben die sich auch kennen gelernt. Er arbeitet da aber nicht mehr. Seit 5 Jahren. Hatte wohl ein Angebot von einem Mandanten, bei dem in der Firma zu arbeiten für mehr Kohle. Er meint, sie wäre mit allen gut klar gekommen und von Feinden sowohl im Arbeitsumfeld als auch privat weiß er nichts.

TOMIC

Und davor?

MÜLLER

Wie davor? Wie weit willst du denn zurückgehen?

TOMIC

Arnd, das sitzt tief. Da muss etwas Gravierendes vorgefallen sein. Auf so etwas kommt man doch nicht, nur weil sie jemandem die Vorfahrt genommen hat. So was staut sich auf. Also geh so weit zurück wie nötig.

MÜLLER

Nur bei der Frau oder auch beim Ehemann?

Tomic denkt nach.

TOMIC

Erst mal nur bei der Frau. Beim Mann nur oberflächlich. Der Entführer hat explizit den Selbstmord der Frau gefordert. Also konzentrieren wir uns zuerst auf sie.

MÜLLER

Na toll, das war das Wochenende. Ich wollte eigentlich ins Schwimmbad mit den Kindern. Louisa hat Geburtstag und sie liebt diese Erlebnisbäder. Ich könnte kotzen wenn ich nur diesen warmen Chlorgeruch einatme, aber was macht man nicht alles für seine Blagen.

TOMIC

Ja, frag mal Nora Pielich, was man nicht alles so macht für seine Balgen.

MÜLLER

Arsch, du weißt genau wie ich das gemeint hab.

Das Telefon klingelt. Tomic nimmt ab.

TOMIC

Tomic. (Pause) Ja. (Pause) Müller sitzt daran. (Pause) Ja, bin gleich da.

Tomic legt auf und steht auf.

TOMIC

Bin beim Chef, der will ´nen Bericht. Damit er weiß, wie er vor den Medien reagieren kann. Und mach dir mal keine Sorgen wegen deiner Chloraffinität. Der kannst du bestimmt frönen.

Tomic steht auf und geht ab.

INNEN – TREPPENHAUS EINES ALTBAUS – NACHTS

Christian geht langsam die Treppe hinauf.

Man hört dumpf Musik, die mit jeder Treppenstufe etwas lauter wird.

Christian hat eine Flasche Wein in der Hand. Auf dem Treppenabsatz angekommen klingelt er an der Tür.

Durch die Fenster in der Tür sieht man Schatten von Menschen.

Niemand öffnet die Tür. Christian hämmert mit der Faust an die Tür, woraufhin die Tür einen Spalt geöffnet wird.

Christian drückt die Tür auf. Niemand kümmert sich um ihn.

Er schließt die Tür und blickt sich im rappelvollen Flur um, erkennt aber niemanden.

Er schlängelt sich zur Küche. Auch die Küche ist voll besetzt.

Eine Frau am Tisch blickt zu Christian auf und nickt ihm flüchtig zu, steigt dann aber wieder in das Gespräch am Tisch ein.

Christian stellt die Weinflasche auf die Arbeitsfläche der Küche, wo schon dutzende andere Flaschen Alkoholika, geöffnet und geschlossen, stehen.

Ein Mann öffnet den Kühlschrank und greift zum Bier.

CHRISTIAN

Mir auch eins bitte.

Der Mann scheint ihn nicht gehört zu haben, holt aber mehrere Biere aus dem Kühlschrank und schaut sich fragend im Raum um.

Er erblickt Christian, der ihm zunickt. Ein Bier wechselt den Besitzer.

Die übrigen stellt er auf den Tisch und gesellt sich wieder zu seiner Gruppe in einer Ecke der Küche.

Christian schaut sich noch einmal kurz um und geht dann wieder in den Flur, bleibt stehen und nimmt einen kräftigen Schluck Bier und seufzt.

Er blickt sich um. Am Ende des Flures sind drei Räume. Der rechte scheint der Tanzraum zu sein.

Es ist dunkel, aber recht voll darin. 2/3 der Personen auf der improvisierten Tanzfläche sind Frauen.

An den Wänden stehen dicht gedrängt kleine Grüppchen.

Der Raum geradeaus ist ebenfalls gut gefüllt, Christian erblickt niemanden, den er kennt.

Hier sind durchaus größere Grüppchen, aber mehr Männer als Frauen.

Im linken Raum erspäht er Jay und PATRICK am Fenster. Er kämpft sich in dem vollen Raum zu der kleinen Gruppe.

Bei Jay und Patrick steht noch eine Frau.

Patrick erspäht ihn kurz bevor er die Gruppe erreicht und zeigt auf ihn.

JAY

Hey Christian, da biste ja. Hatte schon Angst du kommst nicht mehr.

Beide umarmen sich kurz.

PATRICK

Hey Chris, na was geht?

Auch Patrick und Christian umarmen sich.

Patrick etwas zu überschwänglich.

JAY (deutet auf die Frau neben ihm)

Christian, das ist ANGELA.

CHRISTIAN

Hallo, wie geht´s.

Christian streckt ihr die rechte Hand entgegen. Angela betrachtet Christian interessiert, während sie seine Hand schüttelt.

ANGELA

Hi, dich habe ich doch schon mal im Park gesehen, beim Grillen, oder?

CHRISTIAN (nervös)

Hm, ja kann sein

Der Versuch das Wiedererkennen zu vertuschen misslingt vollkommen.

ANGELA

Ich war da mit meinem Ex. Lenny? Ihr habt euch begrüßt, glaub ich.

CHRISTIAN

Kann sein. Doch stimmt.

Christian wendet sich verlegen Jay und Patrick zu.

CHRISTIAN

Sven und Nicky?

JAY

Nee die kommen nicht. Kein Babysitter aufzutreiben
gewesen. Patrick und ich waren vorher noch bei denen. Da
haben wir auch Angela getroffen. Angela ist eine Freundin
von Nicky. Ihr kennt euch also?

CHRISTIAN

Nee nicht wirklich. Ich kenn Lenny. Der ist ein Kumpel von
Mike Trautwein.

PATRICK

Der Schlagzeuger?

CHRISTIAN

Genau.

PATRICK

Woher kennst den denn?

CHRISTIAN

Während meines Studiums habe ich doch in 'ner
Videothek gearbeitet.

Und da hat der zwischendurch auch mal gearbeitet.

Wenn er halt nicht auf Tour war. Der kannte meine Chefin.

Naja und die hat uns meist zusammen in eine Schicht
gepackt.

Seitdem sind wir befreundet. Und Lenny ist auch Musiker.

Die kennen sich doch alle untereinander hier.

Ist wie aufm Dorf.

Lenny habe ich dann auf den Geburtstagen von Mike getroffen.

Und dich übrigens auch mehrmals, Angela.

Angela schaut erst überrascht, dann verlegen.

CHRISTIAN zu ANGELA

Wusste gar nicht, dass ihr nicht mehr zusammen seid.

ANGELA

Oh echt, das habe ich gar nicht in Erinnerung. Ehrlich, glaub du wärst mir eigentlich aufgefallen.

Patrick und Jay schauen sich erstaunt an.

ANGELA

Lenny und ich sind jetzt, keine Ahnung, 4 Monate auseinander. Kurz nach dem Grillen im Park.

PATRICK

Noch wer ein Bier?

Christian bejaht, Jay hat noch.

ANGELA

Wenn du 'nen Sekt siehst, würde ich sowas nehmen.

Patrick geht ab.

JAY (schelmisch)

Angela soll Patentante bei Lena werden. Dann sind wir ja verwandt, wa?

ANGELA (knufft JAY)

Ja Hase, dann wird das wohl nix mehr mit uns zweien.

Mit Verwandten fang ich nix an.

Angela sieht Christian dabei an.

CHRISTIAN

Du wirst Patenonkel? Gratuliere. Wann soll die Taufe denn sein.

JAY

Im Februar.

Patrick kommt wieder, reicht Christian das Bier und stellt sich betont zwischen Christian und Angela, während er ihr das Glas gibt.

PATRICK

Prosecco auch okay?

ANGELA

Jupp.

Angela sieht jemanden, den sie kennt. Sie versucht Augenkontakt herzustellen. Winkt.

ANGELA

Jungs ich bin gleich wieder da.

Da hinten ist eine Freundin von mir. Ich geh da mal rüber.

PATRICK

Wer denn, kenn ich die auch?

Angela antwortet nicht, schaut kurz zu Christian rüber und geht ab.

Christian schaut ihr verlegen nach.

PATRICK

Ach die kenn ich auch. Ich sag auch mal Hallo.

Patrick geht ab.

JAY

Armer Patrick. Da macht er sich wohl umsonst Hoffnung.

CHRISTIAN

Hä?

JAY

Na, so wie sie dich angeschaut hat und so wie er auf einmal Luft war, für sie.

CHRISTIAN

Hä?

Jay knufft Christian

CHRISTIAN

Ich hab die bestimmt sieben oder acht Mal schon gesehen.

Und mindestens fünf Mal davon wurden wir auch einander vorgestellt.

Und jedes Mal kannte sie mich nicht.

Also ich glaub, wenn er da heute nicht bei gehen darf, liegt das sicher nicht an mir.

JAY

Wie du meinst.

CHRISTIAN

Wenn überhaupt, dann an dir.

Was sollte das mit dem „zu spät, jetzt sind wir verwandt".

JAY

Ich hatte mal was mit ihrer Schwester, keine Ahnung, vor 12 Jahren oder so. Von daher kennen wir uns schon recht lange. Und so wie ich ihre Schwester abserviert hab, wollte sie mir lieber ´ne Kugel geben, anstatt ´nen Kuss. Seit Sven aber mit Nicky zusammen ist, laufen wir uns zwangsläufig häufiger über den Weg. Naja und sie arrangiert sich damit. Leiden kann sie mich trotzdem nicht. Zumindest würde sie nie was mit mir anfangen.

CHRISTIAN

So schlimm?

JAY

Ja, war da echt ´ne Sau ihrer Schwester gegenüber. Mit ihr verstehe ich mich zwar wieder ganz gut, aber Angela hat mir das nie vergessen.

CHRISTIAN

Und Patrick versucht sein Glück jetzt bei ihr, ja?

JAY

Bei welcher Freundin von Nicky hat er es denn noch nicht versucht?

CHRISTIAN

Der hat doch ´ne Freundin, oder ist er mit Anna nicht mehr zusammen?

JAY

Pfft.

Er mosert zwar immer rum, dass sie ihm auf die Nerven
geht und so, aber Schluss macht er trotzdem nicht. Er sagt,
solange er nix Besseres findet muss die halt herhalten.

CHRISTIAN

So ein Arsch. Und du akzeptierst das einfach so?

JAY

Ich hab ihm das schon ein paar Mal gesagt, dass so ein
Verhalten ziemlich Assi ist. Aber…(Jay zuckt mit den
Schultern) ich find die ja auch nervig. Und mich geht das
nichts an. Mehr als es ihm sagen kann ich nicht. Mit ihr hab
ich sonst nichts zu tun.

CHRISTIAN

Trotzdem.

Patrick taucht wieder an der Seite von Jay auf.

PATRICK (übertrieben fröhlich)

Hey, da bin ich wieder. Alles klar?

CHRISTIAN

Na. Wie geht's denn eigentlich Anna.

Jay wirft Christian einen bösen Blick zu.

PATRICK

Ach die. Die hat ihre Kinder heute Abend.

Morgen Nachmittag muss ich mit denen in den Zoo.

Sowas von keinem Bock darauf.

CHRISTIAN

So ist das halt, wenn man sich eine Freundin mit Kindern sucht. Sind die wenigstens nett?

PATRICK

Jo, die gehen schon.

JAY

Sven lässt fragen, ob wir nicht mal wieder zocken wollen. Nicky ist morgen den ganzen Tag bei ihren Eltern und bleibt wohl auch über Nacht. Dann könnten wir auch noch weggehen danach.

PATRICK

Weggehen, bin ich dabei.

CHRISTIAN

Zocken bin ich dabei, weggehen eher nicht. Ende des Monats halt.

JAY

Da mach dir mal keine Sorgen drum.

CHRISTIAN

Mach ich mir aber.

Christian blickt zu der Gruppe mit Angela rüber.

Ein Typ hat sich da jetzt dazu gesellt.

Wild gestikulierend scheint er sich wichtigmachen zu wollen.

Als er einen Arm um Angelas Schulter legt, dreht sie sich aus dieser Umarmung und sagt etwas zu ihm.

PATRICK

Ihr könnt mich ja anrufen, wenn ihr losgeht.

JAY

Ich denk du bist bei Anna, oder kommt die dann mit.

PATRICK

Nee, nicht, wenn die ihre Kinder hat.

CHRISTIAN

Aber du, ja?

PATRICK

Da läuft sowieso nix mit ihr, wenn die Gören da sind. Hat immer Angst, dass die dann reinplatzen. Also was soll ich dann da.

Der Typ rückt Angela wieder auf die Pelle. Er flüstert ihr etwas ins Ohr und legt dabei eine Hand auf ihren Hintern. Angela schlägt seinen Arm weg, funkelt ihn wütend an. Sie scheint sich von ihrer Freundin zu verabschieden und kommt wieder zu der Gruppe um Christian.

ANGELA

Na Jungs.

PATRICK

wb.

                          ANGELA

Hä?

                           JAY

Das ist Nerd für welcome back.

                          ANGELA

Hä?

                           JAY

Vergiss es.

                        CHRISTIAN

Na, hast` Freundschaft geschlossen?

                          ANGELA

Hä? Irgendwie sprecht ihr grad Suaheli.

Christian zeigt mit dem Kopf auf den Kerl, der Angela belästigt hat.

                          ANGELA

Ach der, ich kenn den schon länger. Der ist eigentlich ganz nett, aber sobald der was getrunken hat, wird er etwas aufdringlich. Glaub, der hat schon länger ein Auge auf mich geworfen, und jetzt wo ich nicht mehr mit Lenny zusammen bin, denkt er wohl, seine Chance ist gekommen. Mit dem werd´ ich schon fertig.

                         PATRICK

Hä?

JAY

Jetzt fang du nicht auch noch an.

Jay gibt Patrick einen freundschaftlichen Klaps.

ANGELA (sieht dabei CHRISTIAN an)

Kommt wer mit tanzen?

PATRICK

(wie aus der Pistole geschossen, bevor jemand etwas sagen kann)

Au ja.

JAY

Viel Spaß.

CHRISTIAN

Ich hol mal Bier. Sonst noch wer?

Keiner will. Patrick und Angela gehen zur Tanzfläche. Christian holt Bier und geht zu Jay zurück.

JAY

Honk.

CHRISTIAN

Ich?

JAY

Ja du. Sie schaut dich an und fragt, ob wer tanzen will und du lässt sie mit Patrick abziehen und holst Bier. Honk.

Jay legt einen Arm um Christians Schulter.

JAY

So wird das nie was, Jung.

CHRISTIAN (sichtlich genervt)

Hörst du jetzt mal auf? Du bist ja schlimmer als deine Schwester mit der Kuppelei. Man ey.

JAY

Hahaha.

CHRISTIAN

Apropos, wie geht's ihr eigentlich. Hab sie jetzt schon länger nicht mehr gesprochen, seit sie wieder zu Hause ist.

JAY

Glaub ganz gut. Immer noch nicht wieder voll auf dem Damm, aber so weit okay.

CHRISTIAN

Ich sollte sie morgen mal anrufen.

Patrick taucht wieder an der Seite von Jay auf.

PATRICK

Hey.

JAY

Das ging ja schnell. Hast schon ´ne Watschen kassiert?

PATRICK

Hm, was? Ne natürlich nicht. Als wir auf der Tanzfläche waren hat sich nur gleich ein Typ zwischen uns gedrängt. Da hatte ich keinen Bock drauf.

CHRISTIAN

Und da lässt du sie einfach alleine?

PATRICK

Wieso alleine? Da sind doch bestimmt 30 Leute in dem Raum.

Christian verdreht die Augen und geht in Richtung Tanzraum. Zuerst sieht er Angela nicht. In der hinteren Ecke entdeckt er sie dann. Sie steht dem Typen von vorher gegenüber und spricht mit ihm sichtlich verärgert. Christian geht etwas näher an die beiden heran. Angela bemerkt ihn und will zu ihm gehen. Der Typ fasst ihr dann wieder an den Hintern. Sie schlägt die Hand weg, schreit ihn an und geht dann zu Christian.

CHRISTIAN

Na.

ANGELA

Hey.

CHRISTIAN

Sicher, dass du mit dem alleine fertig wirst?

ANGELA

Ja klar. Glaub er hat es jetzt kapiert.

Der Typ kommt langsam auf Christian und Angela zu, stellt sich neben Angela und grinst Christian an.

Im selben Moment als seine Hand sich wieder auf Angelas Hintern legt, trifft Christian Handballen von schräg unten auf seine Nase.

Die Nase verschiebt sich etwas zur Seite und Blut schwillt aus der Nase hervor.

Alle Leute um die drei herum spritzen auseinander. Der Typ hält sich eine Hand vor die Nase und funkelt Christian böse an.

Christian beugt sich etwas vor und sagt ruhig und gelassen.

CHRISTIAN

Fasst du sie noch einmal an, ziehe ich dich auf Links. Verzieh dich.

Angelas Blick kann man nicht entnehmen, ob sie wütend, überrascht, erschrocken oder befriedigt ist.

Der Typ weicht etwas zurück. Sein böser Ausdruck ist Furcht gewichen.

Er macht sich auf den Weg ins Bad.

CHRISTIAN

Lass uns zu Jay und Patrick zurückgehen.

ANGELA

Okay.

Beide bahnen sich ihren Weg ins andere Zimmer.

Man sieht im Schnellvorlauf die Vier miteinander sprechen und lachen.

Immer wieder sieht man Angelas Blicke zu Christian. Sie ist sich anscheinend immer noch nicht sicher wie sie über die Situation denkt.

Christian blickt ebenfalls immer wieder länger zu Angela. Bei ihm ist allerdings klar, dass er sich sehr für sie interessiert.

DRAUSSEN – VOR EINEM GRÜNDERZEITWOHNHAUS – NACHT

Jay, Patrick, Angela und Christian stehen vor dem Eingang des Hauses, in dem die Party stattgefunden hat. Jay, Patrick und Angela müssen in die gleiche Richtung, Christian in die entgegengesetzte.

JAY

Dann mach´s mal jut, Jung.

Er umarmt Christian.

PATRICK

Jo man sieht sich, ne.

Auch er umarmt Christian.

Angela zögert etwas, so als ob sie auf etwas wartet. Dann streckt sie Christian die Hand entgegen.

Christian schüttelt die Hand. Angela zieht ihn etwas zu sich heran.

ANGELA

Danke nochmal.

CHRISTIAN

Nicht dafür.

Angela schaut ihm in die Augen.

ANGELA

Schlaf schön.

CHRISTIAN

Du auch.

Jay, Patrick und Angela gehen in die eine Richtung ab. Angela zwischen den beiden Männern.

Christian schaut ihnen hinterher, dreht sich dann um und geht in die entgegengesetzte Richtung ab.

INNEN – KONFERENZRAUM DER POLIZEI – VORMITTAGS

Mehrere Männer und Frauen, unter anderem Tomic und Müller stehen und sitzen in kleinen Gruppen in dem Raum.

Sie unterhalten sich. In einer Gruppe mit 3 Männern wird ein Witz erzählt, alle lachen.

Tomic steht alleine an einem Tisch mit Getränken.

Er nimmt sich einen Kaffee mit viel Zucker.

Der Abteilungsleiter betritt den Raum. Alle verstummen.

ABTEILUNGSLEITER

Guten Morgen, meine Damen und Herren. Bitte nehmen Sie Platz. Tomic, würden Sie mal bitte eine Zusammenfassung geben?

TOMIC (ordnet übertrieben lange seine Dokumente)

Am Freitagmittag, gegen 13:00 Uhr wurde Luca Pielich auf dem Heimweg von der Schule entführt. Etwa eine Stunde später wurde Kontakt mit den Eltern, David und Nora Pielich, aufgenommen. Die Forderung war, dass sich Nora Pielich bis 22:00 Uhr umzubringen hat. Dieses, hm ja, Ereignis sollte live ins Internet gestellt werden. Sollte diese Forderung nicht erfüllt werden, würde der oder die Entführer Luca töten. Nora Pielich hat sich um 21:55 dann erhängt. Ihr Mann hat die Polizei um 22:03 angerufen. Die Sanitäter waren um 22:12 in der Wohnung der Pielichs, Wiederbelebungsversuche bei Nora Pielich waren erfolglos. Der Sohn wurde gegen 23:00 Uhr in der Nähe einer Polizeiwache ausgesetzt, und ihm wurde gesagt, er soll da rein gehen, die würden ihn nach Hause bringen. Er war unverletzt, wird zurzeit von Spezialisten noch befragt. Was wir da an Hinweisen bekommen, kann ich jetzt noch nicht sagen.

ABTEILUNGSLEITER

Danke Branko. Also, von sowas habe ich ja auch noch nie gehört. Lösegeldforderungen gab es nicht?

MÜLLER

Nein, die einzige Forderung war der Freitod von Frau Pielich.

ABTEILUNGSLEITER

Wie weit seid ihr in den Ermittlungen?

TOMIC

Müller durchleuchtet die privaten und Arbeitskontakte von Herrn und Frau Pielich. Wir konzentrieren uns dabei hauptsächlich auf Frau Pielich.

SONJA

Warum eigentlich?

TOMIC

Wie warum?

SONJA

Na warum wird sich hier auf die Frau konzentriert? Es wurde das Kind entführt und die Frau gezwungen sich selbst zu töten. Zurück bleibt der Mann, der damit leben muss. Ich würde mich da eher auf den Mann konzentrieren.

TOMIC

Ja, dass der oder die Täter aus dem Umfeld des Mannes kommen könnten, ist durchaus möglich.

Wir können nicht beides machen.

Da fehlt sowohl die Zeit, als auch das Personal.

Aber in der Forderung wurde der Mann in keiner Silbe erwähnt. Es wird immer nur Frau Pielich angesprochen. Ich glaube, dass wir im Umfeld von Frau Pielich fündig werden.

ABTEILUNGSLEITER

Aber sicher kannst du dir da nicht sein.

TOMIC

Natürlich nicht. Aber mein Bauch sagt...

ABTEILUNGSLEITER

Dein Bauch sagt, mal ein Donut weniger wäre nett. Sorry Branko, aber wir können hier nicht nur in eine Richtung ermitteln. Teil deine Leute auf beide Eheleute auf.

TOMIC (verdreht die Augen)

Wenn du meinst.

MANN

Was ist mit der Internetübertragung?

TOMIC

Da haben wir Unterstützung aus der E-Crime-Abteilung angefordert, damit die IP-Adressen zurückverfolgt werden. Allerdings scheint das schwierig zu sein. Ich erwarte heute Mittag einen ersten Bericht. Aber aus den Telefonaten bisher scheint der oder die Täter ihr Handwerk zu verstehen. Irgendwie hat der sein Signal über mehrere Länder umgeleitet, mit denen wir keine ständige Zusammenarbeit haben.

Honduras, Uruguay, Burkina Faso, Tanzania, Kambodscha.
Das wird dauern.

ABTEILUNGSLEITER

Ich versteh nur Bahnhof. Geht's vielleicht etwas genauer?
(*Tomic zuckt mit den Schultern*) Ich will, dass bei der
nächsten Besprechung einer aus der Abteilung da ist.

MANN 2

Pfft, als wenn einer von denen das verständlich
ausdrücken könnte. Die haben doch noch keine
Übersetzung deutsch-Netz, Netz-deutsch entwickelt.

ABTEILUNGSLEITER

Was habt ihr denn bisher bei den Kontakten gefunden.

MÜLLER

Bisher nichts. Frau Pielich hat in den letzten 7 Jahren im
gleichen Büro gearbeitet. Sie scheint da mit allen gut klar
gekommen zu sein. Enge private Kontakte hat sie wenige,
nach der Arbeit kümmert sie sich hauptsächlich um den
Sohn. Herr Pielich arbeitet bei einem Immobilienverwalter
im Büro. Da sind so gut wie keine anderen Angestellten im
direkten, regelmäßigen Kontakt. Privat ist er im Fußball-
und im Karnevalsverein, da muss ich noch näher
reinschauen. Ich hab mich bisher mehr auf Frau Pielich
konzentriert.

ABTEILUNGSLEITER

Ja, Tomic, gib ihm noch zwei Leute für die Recherche.

Was machen wir mit den Medien? Ich hab denen bisher nur gesagt, dass sich eine Mutter umgebracht hat.

TOMIC

Von der Entführung würde ich erst mal nichts verlauten lassen. Wenn es um Kinder geht, drehen doch sowohl die Medien als auch die Leute immer komplett durch und heucheln Betroffenheit. Ich sehe da bisher keine Notwendigkeit, da etwas verlauten zu lassen.

ABTEILUNGSLEITER

Ja, aber raus kommt das sowieso und was soll ich dann sagen, warum wir das nicht gleich mitgeteilt haben.

TOMIC

Erstens ist das doch nächste Woche wieder vergessen und Klatschreporter behindern uns hier nur.

ABTEILUNGSLEITER

Okay, nächste Besprechung morgen wieder um 8. Auf, auf, fangt den Butzemann.

Alle stehen auf, der Abteilungsleiter verlässt den Raum. Tomic geht nochmal zur Kaffeekanne und schenkt sich nach. Müller gesellt sich zu ihm.

MÜLLER

Wen soll ich mir noch greifen für die Kontakte des Mannes?

TOMIC(denkt nach)

Sonja.

MÜLLER(rümpft die Nase)

Du denkst anscheinend wirklich, dass der Täter aus dem Kontaktbereich der Frau kommt.

TOMIC (grinst)

Ich bin sie los und sie kann ihre Datenbanken anlegen. Alle sind glücklich. (Tomic schaut zu Müller) Naja fast alle, aber du weißt ja Scheiße rollt immer nach unten.

INNEN – EIN CAFÈ – NACHMITTAGS

Christian betritt ein Café. Er nimmt die Mütze ab, öffnet die Jacke, atmet einmal tief durch und tritt durch den Vorhang, der den Eingangsbereich des Gastraums abschirmt.

Er schaut sich um, sieht aber nicht die Person, die er treffen will. Unsicher sucht er einen freien Platz und setzt sich. Er schaut auf die Uhr.

Ein Kellner tritt an den Tisch, Christian bestellt einen Milchkaffee.

Man hört die Eingangstür. Durch den Vorhang sieht man aber noch nicht, wer da das Café betreten hat.

Der Vorhang schwingt auf und Angela betritt das Café.

Sie sieht Christian und geht zu dessen Tisch.

Christian steht auf, beide umarmen sich zu Begrüßung.

ANGELA

Hey, na du. Bin ich zu spät?

CHRISTIAN

Selber na du. Ne glaub nicht. Bin auch grad erst gekommen.

Beide setzen sich. Der Kellner bringt Christians Milchkaffee. Angela bestellt einen Tee.

ANGELA (grinsend)

Hi.

CHRISTIAN

Hi.

Der Kellner bringt den Tee.

ANGELA

Das ging ja zügig.

CHRISTIAN

Naja heißes Wasser haben die meist vorrätig.

ANGELA

Haha. Ich meinte eigentlich, dass du dich bei mir meldest.

CHRISTIAN (schüchtern)

Oh. Naja Facebook scheint sogar mich dazu zu bringen, meinen Schweinehund zu überwinden und mal den ersten Schritt zu machen.

ANGELA

Aha. Zuckerberg bekommt gleich ein "gefällt mir" von mir. Also schreibst du ständig alle an und lädst sie ins Café ein?

CHRISTIAN

Äh nein, natürlich nicht. So meinte ich das nicht, ich meinte, äh…

ANGELA (grinsend)

Jaja, ich versteh schon.

CHRISTIAN

Was ich meinte, zumindest ist das bei mir so. Ich nehme keine Freundschaftsanfrage an von Leuten, die ich kaum kenne. Nur von Leuten, mit denen ich auch wirklich befreundet bin. Oder zumindest mit denen ich mal viel Zeit verbracht habe. Ich weiß, dass das andere anders machen. Aber ich mach das so. Und wenn jemand meine Anfrage positiv beantwortet, gehe ich erst mal davon aus, dass das genauso ist, insbesondere wenn dieser Jemand auch nicht 500 oder mehr Facebook-Freunde hat.

ANGELA

Und das hab ich nicht, ja? Was hat das mit der Einladung zu tun?

CHRISTIAN

Naja, wenn du schon die Freundschaftsanfrage annimmst, scheinst du mich ja nicht komplett kacke zu finden.

Da ist das Risiko einen Korb der Sorte „Äh, mit dir? Niemals" zu bekommen geringer ist.

ANGELA

Du hattest Angst so einen Korb von mir zu bekommen?

CHRISTIAN

Klar. Vielleicht netter ausgedrückt, aber ja.

ANGELA

Und was hat dir meine doch recht prompte Zusage jetzt gesagt?

CHRISTIAN

Das du mich jetzt nicht völlig unsympathisch findest.

ANGELA

Hm, ich dachte, das hätte ich schon auf der Party klargestellt.

CHRISTIAN

Ich bin leider ziemlich schlecht darin nonverbale Kommunikation zu lesen. Insbesondere von Frauen. Ihr sprecht für mich, nonverbal zumindest, eine komplette Fremdsprache. Bei Männern ist das irgendwie einfacher.

ANGELA

Aha verstehe. Vielleicht gibt's da einen Volkshochschulkurs dazu. Oder du suchst dir ne Privatlehrerin.

CHRISTIAN

Äh, nein, ich mein ja, was ich meine ist, die Privatlehrerinnen, bei denen ich mir vorstellen könnte, mich zu, äh, unterrichten, die sind meist schon, äh, ausgebucht. Und die paar, die ich bisher hatte, haben das Problem eher verstärkt.

ANGELA

Verstehe, verstehe. Erzähl mir was von dir.

CHRISTIAN

Äh, was willst` du wissen.

ANGELA

Naja ich weiß ja gar nix von dir. Fangen wir doch gaaaanz weit vorne an. Bist du hier geboren? Wo bist du zur Schule gegangen und so weiter.

CHRISTIAN

Ne, ich komm aus einer Kleinstadt, knapp 70 Kilometer nördlich von hier und da bin ich auch zur Schule gegangen. Hier her gezogen bin ich fürs Studium.

ANGELA

Ah, du hast studiert?

CHRISTIAN

Ja Lehramt, Englisch und Geschichte.

ANGELA

Geschichte, igitt.

CHRISTIAN

Magst` Geschichte nicht?

ANGELA

Nicht wirklich. Habe ich gehasst in der Schule. Dieses ganze Auswendiglernen lag mir mal so gar nicht.

CHRISTIAN

Ich denk, du bist beim Staatstheater. Da musst doch genug auswendig lernen.

ANGELA

Ah, der Herr hat sich informiert.

CHRISTIAN

Äh, naja, ich habe mit Jay gestern telefoniert.

Und die Sprache kam halt noch mal auf die Party und so.

ANGELA

Und „und so" bin ich?

CHRISTIAN

Äh, naja, so kann man das nicht sagen, also so abwertend trivial, aber ja, „und so" beinhaltet auch dich(denkt kurz nach). Boah das kam ja bescheuert raus. Also nochmal. Ja, ich habe mit Jay über dich gesprochen.

ANGELA

Und was hat er so gesagt?

CHRISTIAN

Na, dass du beim Staatstheater arbeitest, sonst nicht viel. Dass er mit deiner Schwester zusammen war. Dass er sich ziemlich mies von ihr getrennt hat. Dass du ihn deswegen heutzutage zwar akzeptierst, ihm aber nicht traust.

ANGELA (kalt)

So, sagt er das, ja?

CHRISTIAN

Äh, sorry, ich wollt dich nicht vor den Kopf stoßen.

Es ist eine peinliche Stille entstanden.

ANGELA

Ich arbeite zwar beim Theater, aber als Bühnenbauer, nicht als Schauspielerin.

Wieder stille.

ANGELA

Du wolltest also Lehrer werden?

CHRISTIAN

Nee. Ja. Doch. Nee. Eigentlich wollte ich Profisportler werden. Ich war recht gut in der Jugend, aber das hat dann nicht geklappt.

ANGELA

Okay, das hätte ich jetzt nicht gedacht.

CHRISTIAN

Ich weiß, sieht man mir heutzutage nicht mehr wirklich an. Ich hatte mit 18 einen Semiprofivertrag unterschrieben und konnte ganz gut davon leben. Und ich habe mich nach dem Abitur dann hier in der TU eingeschrieben. Eigentlich wollte ich Geschichte studieren, aber da war ein zu hoher Numerus Clausus drauf. Also habe ich dann Lehramt auf Geschichte studiert. Das mit dem Sport hat dann nicht geklappt. Zum einen reichten die körperlichen Voraussetzungen nicht. Ich bin einfach zu klein, um es in die Profiligen zu schaffen. Und zum anderen, das war eigentlich noch schwieriger zu akzeptieren, hat das Talent auch nicht gereicht.

ANGELA

Warum hast du dann kein Sport studiert, zumindest auf Lehramt?

CHRISTIAN

Ich hasse Schulsport. Habs immer gehasst. Ich war da schon immer sehr festgefahren auf „meinen" Sport. Turnen, Schwimmen und so, damit konnt` ich noch nie was anfangen.

ANGELA

Fertig studiert hast du aber nicht?

CHRISTIAN

Nein. Ich musste, nachdem mein Vertrag nicht verlängert worden war, recht viel arbeiten während des Studiums. Deshalb hat sich das etwas in die Länge gezogen. Dann kamen die Studiengebühren. Das konnte ich mir dann nicht mehr leisten. Bafög habe ich nicht mehr bekommen, wegen Langzeitstudium, naja also musste ich mich exmatrikulieren.

ANGELA

Wieviel hat dir denn gefehlt?

CHRISTIAN

Zwei oder drei Semester. Zwei halt, wenn ich mich voll hätte drauf konzentrieren können.

ANGELA

Und da konnte dich niemand unterstützen?

CHRISTIAN

Nein. Zum gleichen Zeitpunkt mussten meine Eltern Insolvenz anmelden mit ihrem Geschäft. Die konnten mir nicht helfen.

ANGELA

Was hast du dann gemacht?

CHRISTIAN

Eine Lehre zum Steuerfachangestellten.

ANGELA

Ui, das klingt ja mal, hm, trocken.

CHRISTIAN

Jo ist es auch. Gibt auch mal spannendere Momente, aber generell ist das schon ein ziemlich dröger Job. Und dann die Leute, die diesen Job machen. Die sind mal so richtig Spieß pur. Zum Beispiel hatte die eine, glaub die war so 4 Jahre jünger als ich, eine unterschriebene Autogrammkarte von Howard Carpendale auf dem Schreibtisch stehen. Und die war noch nicht mal die spießigste. Furchtbarer Menschenschlag. Und dann dazu die Steuerberater. Grauenvolles Pack.

ANGELA

Klingt ja furchtbar. Und was waren dann die spannenden Momente?

CHRISTIAN

Zum Beispiel, wenn das Finanzamt einem Mandanten gewisse Sachen nicht anerkennt, die dem aber eigentlich zustehen würde. Dem dann zu seinem Recht zu verhelfen, das hat schon Spaß gemacht. Oder bei einer Mandantin, ihre Tochter war in der Ausbildung und hat etwas zu viel verdient. Deshalb hat die kein Kindergeld mehr bekommen. Und zwar hat die 15 Euro in dem Jahr zu viel verdient. Das fand ich schon hart.

Da habe ich mich dann richtig reingekniet, um da noch 20 Euro zu finden, die sie dann mehr absetzen konnte.

ANGELA

Ist das dann die berühmte kreative Buchführung?

CHRISTIAN

Ja eigentlich schon. Aber nicht wirklich. Was ich dann bei der gefunden hab, waren Fahrtkosten zu einer Fortbildung, die sie nicht angegeben hatte. Und mir vorher auch gar nicht mitgeteilt hatte, also die Fortbildung. Die konnte sie natürlich absetzen. Kreative Buchführung ist eigentlich, wenn man Sachen absetzt, die man gar nicht so in dieser Art in Anspruch genommen hat. Also den Computer für den Sohn als Betriebscomputer absetzen z.B.

ANGELA

Das würde ich ja eher kreativen Betrug, als kreative Buchführung nennen.

CHRISTIAN

Ist es auch. Das hat mich ja auch daran gestört. Die Bild-Zeitung fährt dann immer schön Kampagnen gegen Hartz IV Betrüger. Die wahren Sozialbetrüger sind aber unsere Unternehmer und Manager, die Milliarden an Steuern hinterziehen. Schau dir den Zumwinkel an.

ANGELA

Wen?

CHRISTIAN

Klaus Zumwinkel, ehemaliger Vorstandsvorsitzender der Post. Der hat 2 Million Euro Steuern hinterzogen. Wegen Verfahrensfehlern konnten davon aber 1 Million nicht mehr strafrechtlich verfolgt werden. Die andere Million hat er dann zugegeben und gut ist. Das musste er nachzahlen, mit Gerichtskosten 1,2 Millionen. Also hat der schön einfach 800.00 eigesackt. Weil er deswegen aus dem Vorstand der Post zurücktreten musste, hat der dann noch schön 20 Millionen Rente bekommen. Und dann stellt der sich hin und sagt, er habe den Glauben an das deutsche Rechtssystem verloren.

ANGELA

Daran kann ich mich erinnern, glaub ich.

Angelas Telefon klingelt. Sie nimmt das Telefon aus ihrer Tasche und schaut wer anruft.

ANGELA

Ah, das ist Nicky. Den muss ich annehmen. Entschuldige mich bitte kurz.

Angela steht auf, und geht aus dem Café.

AUSSEN – VOR DEM CAFÉ – NACHMITTAGS

Angela telefoniert mit Nicky.

ANGELA

Hey.

                              NICKY

Hey Ange, wie geht's?

                             ANGELA

Bin grad im Café mit Christian.

                              NICKY

Oho. Und? Is schön?

                             ANGELA

Es ist grauenvoll.

                              NICKY

Huch, wieso?

                             ANGELA

Keine Ahnung. Das ist als ob da ein komplett anderer Mensch sitzt. Jedenfalls nicht der Mensch, den ich auf der Party kennen gelernt habe.

                              NICKY

Wieso, was macht er denn?

                             ANGELA

Ach keine Ahnung, ich habe ihn nur mal nach ein paar Infos von ihm gefragt

                              NICKY

Oje, lass mich raten. Du bist etwas entsetzt. Haha. Ich wette, er hat dir nicht mal die Hälfte erzählt.

ANGELA

Er wollte Sportler werden, konnte nicht zu Ende studieren und hat ne blöde Ausbildung gemacht.

NICKY

Okay, das sind vielleicht 10%.

ANGELA

Autsch.

NICKY

Jupp, echt Ange, der hat echt eine Menge Scheiße erlebt. Gib ihm ´ne Chance.

ANGELA

Nicky rette mich, kann ich vorbeikommen?

NICKY

Ach komm, gib ihm ´ne Chance. Vor zwei Stunden warst du noch ganz aufgeregt. Glaub mir. Da hast du echt einen wunden Punkt bei ihm getroffen. Doof gelaufen. Seine Vergangenheit ist halt ein Tabuthema bei ihm. Aber sieh es mal so. Er blickt nach vorne. Ich war sehr positiv überrascht, dass er sich so schnell bei dir gemeldet hat.

ANGELA

Ich weiß gar nicht worüber ich reden soll. Und das kommt bei mir nicht häufig vor.

NICKY

Sprich mit ihm halt nicht mehr über seine Vergangenheit. Sprich über die Gegenwart und Zukunft. Da wirst einen ganzen anderen Christian sehen. Und sprich etwas über dich. Der kann super zuhören und stellt genau die richtigen Fragen.

ANGELA

Okay, okay, okay.

NICKY

Braves Girlie. Und danach rufst du mich an und erstattest Bericht.

ANGELA

Jawohl, Drill-Sergeant.

NICKY

Bussi.

Angela legt auf. Atmet tief durch und betritt wieder das Café.

INNEN – IM CAFÈ – NACHMITTAGS

Angela geht wieder an den Tisch und setzt sich. Umständlich bringt sie ihr Telefon wieder in der Tasche unter.

ANGELA

Da bin ich wieder.

Christian sagt nichts, lächelt nur.

ANGELA

So, du hältst mich also für eine Schauspielerin.

CHRISTIAN

Warum auch nicht. Nachdem was ich auf der Party von dir mitbekommen habe, bist du intelligent, hast kein Problem damit im Mittelpunkt zu stehen, das machst du aber nicht aufdringlich, sondern ganz natürlich. Bist wortgewandt, siehst gut aus. Klar könntest du Schauspielerin sein.

ANGELA

Warum kann ich mich nicht entscheiden, ob das ein Kompliment war oder nicht?

CHRISTIAN

Siehst du, das meine ich. Eine dumme Kuh hätte das natürlich als Kompliment begriffen. Eine arrogante Person ebenfalls. Eine kluge, selbstbewusste Person denkt da drüber nach. Und natürlich war das ein Kompliment. Ich habe großen Respekt vor Schauspielern. Also wirklichen Schauspielern. Die mit einem Fingerschnippen in eine Rolle schlüpfen können.

ANGELA

Ich glaub, ich hätte da immer Angst, dass mir mein Gegenüber nur eine Rolle vorspielt.

CHRISTIAN

Aber das machen wir doch alle.

Wir alle spielen unsere Rollen. Machen wir das nicht, kann es sehr unangenehm werden. Zum Beispiel, als du mich eben nach meiner Vergangenheit gefragt hast. Da habe ich keine Rolle gespielt. Da war ich Ich. Und das war unangenehm für dich. Es war auch unangenehm für mich. Zumal ich damit rechnen musste, dass du schreiend hier rausläufst. Hätte ich eine Rolle gespielt, wäre das viel angenehmer gewesen.

ANGELA

Warum hast du das gemacht?

CHRISTIAN

Weil ich ehrlich mit dir sein wollte. Auch auf die Gefahr hin, dich zu vergrätzen. Wenn man erst mal mit einer Rolle anfängt, ist man fast dazu gezwungen, diese Rolle beizubehalten. Sonst kommt später „Du hast dich so verändert". Nein, die Leute ändern sich meist nicht. Sie fühlen sich meist nur sicher genug, dass sie ihre Rolle vernachlässigen können. Der andere hat aber die Rolle für die echte Person gehalten und meint nun, der Partner hätte sich verändert.

ANGELA

Hmm.

CHRISTIAN

Wie kommt man denn eigentlich dazu Bühnenbauerin zu werden?

ANGELA

Mein Vater hat das schon gemacht. Und als Kind habe ich dann da oft mitgeholfen. Ich bin nach der Schule immer ins Theater und hab dann da in den Katakomben meine Hausaufgaben gemacht. Und danach entweder den Untergrund da erforscht, bei Proben zugeschaut oder meinem Vater geholfen.

CHRISTIAN

Das muss interessant gewesen sein.

ANGELA

Klar, ein ganzer Abenteuerspielplatz nur für mich. Nicky meinte du arbeitest beim Film?

CHRISTIAN

Fernsehen. Ich schreibe an Drehbüchern mit.

ANGELA

Ist das so ein großer Unterschied?

CHRISTIAN

Naja, beim Film schreibst du ein Drehbuch. Meist alleine. Du denkst dir die Charaktere aus, ihre Eigenschaften, und so weiter. Beim Fernsehen ist es eher so: Jemand denkt sich eine Serie aus. Nimm z.B. Lost oder 24 oder die Gilmore Girls. Das Problem ist, das sind jeweils über 100 Folgen. 24 z.B. fast 200. Das schafft man kaum alleine. Also werden da Schreibfarmen für engagiert. Und bei so einer Schreibfarm arbeite ich.

ANGELA

Das verstehe ich nicht.

CHRISTIAN

Also ich habe die Charakterisierung von den Rollen in der Serie. Der Serienentwickler sagt mir, was in der Folge passieren soll. Und ich schreibe das dann.

ANGELA

Habe ich schon mal was von dir gesehen?

CHRISTIAN

Ich glaube nicht, außer du warst in den letzten 15 Monaten in den USA.

ANGELA

Wieso USA?

CHRISTIAN

Weil ich für eine amerikanische Firma schreibe. Für US-Serien. Und ich glaube, von meinen ist noch keine in Deutschland gelaufen.

ANGELA

Und das geht einfach so?

CHRISTIAN

Der meiste Kontakt läuft per E-Mail. Und ansonsten Telefon oder Videokonferenzen. Persönlich zusammen kommt man eher selten. Das letzte Mal war ich vor 10 Monaten in den Staaten.

ANGELA

Willst du dann da nicht hinziehen?

CHRISTIAN

Vielleicht später Mal. Im Moment eher nicht. Um ehrlich zu sein, kann ich mir das auch gar nicht leisten. Die letzte Serie habe ich vor 9 Monaten geschrieben. Und reich wird man damit nicht. Die nächste kommt erst nächstes Jahr. Wir werden ja immer erst engagiert, wenn dem Serienentwickler die Ideen ausgehen. Was meist erst Mitte der 2. Staffel passiert. Und die meisten Serien laufen ja gar nicht so lang. Die, für die wir gebucht waren, sind alle abgesetzt worden. Deshalb bin ich zurzeit wieder auf das Amt angewiesen.

ANGELA

Hartes Brot.

CHRISTIAN

Im Moment versuche ich meine eigenen Sachen zu platzieren. Das dauert aber halt immer.

ANGELA

Ich glaub, mit so einer Unsicherheit könnte ich nicht leben.

CHRISTIAN

Man gewöhnt sich daran. Ich mache halt keine langfristigen Pläne oder kann mir keine großen Anschaffungen, für die man Kredite bräuchte, leisten.

Dafür bin ich recht frei und kann mir meine Zeit meist selber einteilen, so wie jetzt mit dir hier sitzen. Da muss ich mir nicht frei nehmen oder so.

ANGELA

Und was ist mit der Zeitverschiebung?

CHRISTIAN

Die spielt mir eher in die Karten. Ich bin ein Nachtmensch. Von 7-11 Uhr kann man mit mir wenig anfangen. Es ist eher so, dass, wenn ich um 7 irgendwo anfangen müsste, so wie bei der Ausbildung, das macht mich kaputt. Und wenn die um 9 Uhr morgens anfangen, ist es hier aber schon 15 Uhr, falls die in NY sitzen, oder 19 Uhr, sollten die von LA aus arbeiten. Perfekt für mich.

ANGELA

Und wie bist du an den Job rangekommen. Ich mein, die werden ja nicht einfach so übers Arbeitsamt vermittelt.

CHRISTIAN

Ich war vor 20 Jahren für ein Jahr in den USA in der Schule. Mein bester Kumpel von damals arbeitet jetzt bei einer Produktionsfirma. Der hat mir vorgeschlagen doch was auf Englisch zu schreiben und hat das dann weitergereicht. Und so ist das Rad ins Rollen gekommen.

ANGELA

Dann kann man mit dir bestimmt keine Filme schauen.

CHRISTIAN

Hä? Wieso?

ANGELA

Du meckerst dann bestimmt immer. Dies und das hättest du ja anders und viel besser gemacht.

CHRISTIAN

Stimmt, das kommt vor. Also kein Kino als Date-Vorschlag?

ANGELA

Ui, jetzt werden wir aber nassforsch, was? Ein Date-Vorschlag. Und dann ganz gewieft in die Unterhaltung eingeflochten.

CHRISTIAN

Äh so war das gar nicht gemeint, ich mein doch, ich würd´ natürlich schon...

ANGELA

Relax, ich zieh dich doch nur auf. Ich muss zugeben, nach den ersten paar Minuten war ich schon etwas irritiert, aber ich würde dich gerne auf ein Date treffen. Wie wäre es Freitag?

CHRISTIAN

Freitags ist immer schlecht bei mir. Da hab ich immer abends ein Videomeeting mit der Farm. Kann sein, dass ich da gegen Mitternacht fertig bin, kann aber auch sein, dass das erst gegen 2 sein wird.

Deshalb plane ich da eigentlich nichts. Samstag?

ANGELA

Gerne. Ich ruf dich an. Dazu bräuchte ich deine Nummer.

Christian gibt ihr seine Handynummer.

ANGELA

Festnetz hast du nicht?

CHRISTIAN

Doch, aber das halt ich meist frei für Long-Distance-Calls in die USA.

Angela speichert die Nummer in ihrem Handy und ruft bei Christian an.

ANGELA

So, jetzt hast du auch meine Nummer. Wollen wir dann?

Beide stehen auf und verlassen, das Café und verabschieden sich.

INNEN – EINGANGSBEREICH DES PIELICH HAUSES – NACHMITTAG

Es klingelt an der Tür. Nach dem niemand öffnet, klingelt es wieder. David Pielich kommt zur Tür.

Er sieht übermüdet und ungepflegt aus.

Er schaut zuerst durch den Spion und öffnet dann die Tür.

David geht wieder ins Haus zurück, ohne auf die Personen an der Tür zu warten. Tomic und Müller betreten den Flur.

Sie schauen sich an und folgen dann David. Der setzt sich im Wohnzimmer auf das Sofa und steckt sich eine Zigarette an. Im Aschenbecher ist noch eine halb aufgerauchte Zigarette qualmt. Das Wohnzimmer ist unaufgeräumt. Auf dem Tisch stehen mehrere Bierflaschen und ein Pizzakarton liegt auf einem der Sessel. Tomic nimmt den Karton und legt ihn auf den Tisch. Tomic setzt sich, Müller bleibt stehen.

TOMIC

Wo ist denn Ihr Sohn?

DAVID

Bei meinen Schwiegereltern.

TOMIC

Sie sehen grauenvoll aus.

DAVID

Schönen Dank für die Blumen, Sie würden natürlich maifrisch aussehen, wenn sie gerade Ihrer Frau beim Selbstmord assistiert hätten.

TOMIC

Ich sage nicht, dass es mir besser gehen würde. Ich sage nur, Sie könnten Hilfe gebrauchen. Warum sind Sie nicht mit Ihrem Sohn zu Ihren Schwiegereltern gegangen?

DAVID

Ich bin dort im Moment nicht wirklich willkommen.

MÜLLER

Sie geben Ihnen die Schuld?

DAVID

Na klar.

TOMIC

Ist Ihnen noch etwas eingefallen, wer Ihnen und Ihrer Frau so etwas antun könnte?

David schüttelt den Kopf. Während der ganzen Zeit hat er seinen Blick nicht vom Fernseher genommen. Dort läuft einer dieser Verkaufssender. Tomic reicht David ein Blatt Papier mit einem Phantombild.

TOMIC

Haben Sie diesen Mann schon mal gesehen.

Das ist das Phantombild, das wir mit Ihrem Sohn zusammen angefertigt haben.

David betrachtet das Bild.

DAVID

Nein, nie gesehen den Kerl. Sieht auch ziemlich beliebig aus. Ich konnte nie verstehen, wie jemand über diese Bilder identifiziert werden konnte. Ich habe da nie Ähnlichkeiten gesehen, wenn man die Bilder und Fotos von den echten Personen vergleicht.

TOMIC

Wir lassen Sie dann mal wieder in Ruhe.

Wenn Ihnen noch etwas einfällt, rufen Sie mich bitte an. Egal wann. Okay?

David reagiert nicht.

TOMIC

Und versuchen Sie sich helfen zu lassen. Ich weiß, dass das alles hart ist und Sie glauben nie wieder froh sein zu können. Aber Sie müssen.

David schnaubt verächtlich.

TOMIC

Ihr Sohn braucht Sie jetzt. Mehr denn je.

Tomic und Müller sehen sich an.

Tomic greift in die Innentasche seine Jacke und holt einen Stapel Visitenkarten heraus.

Langsam geht er die Karten durch, findet die Gesuchte, zieht sie aus dem Stapel, zeigt sie David und legt sie auf die Kommode.

Es ist eine Karte des Sozialpsychiatrischen Dienstes.

Tomic und Müller verlassen das Haus und gehen auf ihren Wagen zu.

MÜLLER

Alter, der ist ja fertig.

TOMIC

Na was erwartest du?

Seine Frau hat sich in seinem Beisein umgebracht und er konnte nicht helfen. Da würde jeder durchdrehen.

MÜLLER

Klar, aber, ach ich weiß auch nicht.

Tomic geht zur Beifahrerseite. Öffnet die Tür, lässt sich stöhnend in den Sitz fallen und schließt die Tür.

Müller steigt auf der Fahrerseite ein. Tomic sieht sich das Phantombild an.

TOMIC

Weißt du, er hat Recht.

MÜLLER

Wer?

TOMIC

David Pielich. Er hat recht mit dem Phantombild. Ich kenne bestimmt zehn Leute, auf die dieses Phantombild zutreffen würde. Das ist komplett nutzlos. Alles was wir wissen, ist, dass es ein Mann ist.

Müller startet das Auto.

MÜLLER

Ein großer Mann mit Bart.

TOMIC

Für 6-jährige Kinder sehen alle Erwachsenen groß aus. Und den Bart kann man schnell wieder los sein oder wachsen lassen. Im Grunde wissen wir gar nichts.

Vielleicht liege ich auch falsch mit meiner Vermutung, dass der Täter aus dem Umfeld der Frau kommen muss. Du hast da noch nichts gefunden, oder?

MÜLLER

Nee, gar nichts, und ich bin bis zu der Zeit zurück, als sich Nora und David kennen gelernt haben. Beide waren solo damals, also noch nicht mal ein verlassener Ex oder eine Ex, die die Trennung nicht verkraftet hat.

TOMIC

Irgendwelche Hinweise auf Geliebte?

MÜLLER

Bei ihr?

TOMIC

Bei beiden.

MÜLLER

Naja wir suchen ja einen Mann, oder?

TOMIC

Und?

MÜLLER

Naja wir...ach so. Ich nehme das mal mit rein in die Suche.

INNEN – KÜCHE DES HAUSES – SPÄTER MITTAG

ALEXANDRA BÜTROW steht in der Küche ihres Hauses.

Es stehen Töpfe auf dem Herd und der Küchentisch ist mit zwei Gedecken präpariert. Sie schaut aus dem Fenster und wirkt nervös. Nach einem Blick auf die Küchenuhr geht sie ins Wohnzimmer und nimmt das Telefon aus der Ladestation. Sie drückt eine Kurzwahltaste. Nervös kaut sie auf der Unterlippe, während es klingelt. Jemand nimmt am anderen Ende der Leitung ab.

WOLFGANG BÜTROW

Hallo.

ALEXANDRA

Hi Wolfgang, sag mal, ist Rieke bei dir?

WOLFGANG

Äh nein. Hätte ich sie abholen sollen? Davon weiß ich nichts, ehrlich. Tut mir leid, wenn ich wieder einen Termin vergessen hab, ich bin hier nur gerade in einer Besprechung.

ALEXANDRA

Nein. Nein. Abgesprochen war nichts. Sie hätte nur schon seit 30 Minuten zu Hause sein sollen. Ich dachte, vielleicht hättest du sie spontan abgeholt oder sie wäre dich besuchen gefahren, ohne mir etwas davon zu sagen.

WOLFGANG

Nein, bei mir ist sie nicht. Und wieso sollte sie dir nichts davon sagen, dass sie mich besucht?

ALEXANDRA

Ach, sie war etwas bockig gestern Abend. Sie nimmt die Trennung immer noch sehr schwer und die Wahrheit kann ich ihr ja schlecht sagen, oder?

WOLFGANG

Ja, dass ihre Mutter es mit Treue nicht so besonders hat, das kann man seinem Kind wirklich schlecht sagen. Da hast du Recht.

ALEXANDRA

Jetzt fang bitte nicht so an. Ich mache mir echt Sorgen. Sie kommt nie zu spät. Es sind doch nur 80 Meter bis zur Schule.

WOLFGANG

Bist du denn schon rüber zur Schule gegangen?

ALEXANDRA

Nein, ich..

WOLFGANG

Da hast du es doch. Geh da einfach hin und du wirst sehen, sie spielt da auf dem Schulhof mit anderen Kindern und hat die Zeit vergessen.

ALEXANDRA

Wolfgang, sowas macht sie n...

WOLFGANG

Alex, ich muss jetzt wirklich zurück in die Besprechung.
Geh rüber zur Schule und alles wird sich aufklären.

ALEXANDRA

Aber...

WOLFGANG

Ich leg jetzt auf. Bis dann.

Wolfgang hat aufgelegt.

Alexandra betrachtet nachdenklich den Telefonhörer, legt ihn dann auf den Küchentisch, greift sich ihre Tasche, die über einem Stuhl in der Küche hängt, schaut hinein und greift sich ihr Schlüsselbund.

Sie geht in Richtung Haustür, nimmt sich eine Jacke von der Garderobe und wirft sie sich über.

Als sie die Tür öffnet, bemerkt sie einen Umschlag vor der Tür.

Sie nimmt den Umschlag auf.

Es befindet sich kein Name auf dem Umschlag.

Sie legt ihn auf ein Fensterboard neben der Tür und zieht die Haustür zu und geht in Richtung Schule.

INNEN – SCHLAFZIMMER VON TOMIC – KURZ VOR 01:00 UHR MORGENS

Der Raum ist komplett dunkel.

Das Telefon beginnt zu klingeln.

Nach dem dritten Klingeln macht Tomic schlaftrunken das Licht an und nimmt den Hörer zur Hand.

TOMIC

Hallo? … Ja, Tomic hier. … Was? Wann? … Und das Kind? … Auf dem Weg zum Vater? … Haben Sie schon den Kinderpsychologen angerufen? … Nein, das machen Sie als nächstes. … Mir egal, ich will, dass der sich sofort das Kind vornimmt. … Mir egal, wie das klang.

Tomic legt auf und schwingt die Beine aus dem Bett. Beschwerlich steht er auf und wankt ins Bad.

Die Tür fällt zu.

INNEN – WOHNZIMMER VON ALEXANDRA BÜTROW – GEGEN 02:00 UHR

Müller und Tomic stehen im Wohnzimmer und schauen sich die ausgestellten Fotos an.

TOMIC

Kein einziges vom Mann.

MÜLLER

Na und? Ich habe auch kein einziges von meiner Frau in meinem Computerzimmer zu Hause stehen.

TOMIC

Und im Wohnzimmer?

MÜLLER

Da sind nur Fotos von den Kindern.

Wolfgang Bütrow kommt in den Raum.

Er hat zwar gerötete Augen, sieht aber sonst erstaunlich gefasst aus.

WOLFGANG

Wollen Sie einen Kaffee? Ich brauch jetzt zumindest einen.

Tomic und Müller schütteln den Kopf.

Wolfgang dreht sich um und geht in die Küche.

Tomic und Müller schauen sich an und folgen Wolfgang. Als sie die Küche betreten, füllt Wolfgang gerade Kaffeepulver in den Filter.

Tomic sieht auf dem Küchentresen einen Kaffeevollautomaten.

TOMIC

Warum nehmen Sie nicht den da?

WOLFGANG

Ich hasse den Kaffee aus diesen Dingern. Durchgepresster Mist. Für Espresso genau richtig, aber unser normaler Kaffee sollte aufbrühen und langsam durchsickern, nicht unter Druck da durchgejagt werden.

Er sieht zum Automat rüber.

WOLFGANG

Das war das erste, was sich Alexandra nach unserer Trennung angeschafft hat. Pfft, so ein Plunder.

TOMIC

Die Trennung ist nicht besonders gütlich gelaufen?

WOLFGANG

Laufen Trennungen jemals gütlich? Wenn ich das mit Trennungen in unserer Bekanntschaft vergleiche, lief das noch recht friedlich.

TOMIC

Sie haben sich von ihr getrennt?

WOLFGANG

Ja, sie war nicht gerade die Personifikation von Treue in einer Ehe. Die ersten Male habe ich das noch geschluckt, hauptsächlich wegen Rieke. Aber das letzte Mal war nur Tage nach unserem letzten Krach wegen der letzten Affäre. Naja, mein Geld hat sie jedenfalls gerne genommen.

TOMIC

Sie wirken nicht besonders traurig über den Tod ihrer Exfrau.

WOLFGANG

Bin ich auch nicht. Sie hat sich nicht mehr, vielleicht auch nie, für mich interessiert.

Sie hat sich immer nur um sich selbst gekümmert. Und um Rieke, okay das muss ich ihr lassen. Aber im Grunde war ich überrascht, dass sie das durchgezogen hat mit dem Selbstmord. Das war gar nicht ihre Art, sich für andere zu opfern.

Wolfgang denkt kurz nach.

Sieht zuerst Müller, dann Tomic an.

WOLFGANG

Macht mich das jetzt verdächtig?

MÜLLER

Nein, nicht wirklich. Wir hatten einen ähnlichen Fall vor einer Woche. Wir denken, dass es sich um den gleichen Täter handelt.

Tomic funkelt Müller böse an.

WOLFGANG

Da habe ich gar nichts drüber in den Nachrichten gehört.

MÜLLER

Wir haben auch nicht alle Details an die Presse gegeben.

WOLFGANG

Warum das denn nicht? Wenn wir von dem anderen Fall gewusst hätten, wäre Alexandra vielleicht noch am Leben! Sie hätte Rieke bestimmt immer von der Schule abgeholt und dann hätte sie gar nicht erst entführt werden können.

Müller schaut betreten zu Boden.

TOMIC

Auch wenn ich wenig Lust habe Ihnen unsere Ermittlungstaktiken zu erläutern, wir hatten keinen Hinweis darauf, dass es sich um einen Wiederholungstäter handeln könnte. Und wir haben auch bisher keinen Hinweis darauf, dass Sie oder Ihre Exfrau in Verbindung mit dem ersten Fall stehen.

WOLFGANG

Wer war denn das erste Opfer.

TOMIC

Nora Pielich.

WOLFGANG

Sagt mir nichts. Haben sie vielleicht ein Foto?

Müller kramt in seinen Unterlagen.

Findet ein Foto von Nora und reicht es Wolfgang.

Der betrachtet es länger.

WOLFGANG

Kommt mir bekannt vor. Aber ich kann sie nicht einordnen. Tut mir leid. Vielleicht fällt es mir noch ein.

TOMIC

Ja, das wäre hilfreich. Herr Bütrow, ich würde gerne Rieke von einem Spezialisten befragen lassen.

WOLFGANG

Ja natürlich.

TOMIC

Jetzt!

WOLFGANG

Wie bitte? Sie ist gerade eingeschlafen. Und ich glaube, sie hat genug durchgemacht für einen Tag. Morgen können sie sie gerne befragen, aber jetzt schläft sie erst mal.

TOMIC

Herr Bütrow, es wäre sehr wichtig sie so schnell wie...

WOLFGANG

Nein! Heute Nacht nicht mehr. Und ich werde jetzt auch zu Bett gehen. Also wenn Sie noch Spuren suchen müssen, bitte. Die Nachricht haben Sie ja. Und alles andere ist im Keller. Ansonsten gute Nacht.

Wolfgang stellt die Tasse in die Spüle und geht aus der Küche.

Müller will hinterher, aber Tomic hält ihn zurück.

TOMIC

Lass ihn. Im Grunde hat er ja Recht. Viel wichtiger wäre wahrscheinlich, dass er sich daran erinnert, woher er Nora Pielich kennt. Bei deinen Recherchen ist der Name Alexandra Bütrow nicht aufgetaucht?

MÜLLER

Nein und auch keine Alexandra Wietzke. Ihr Mädchenname.

Ich werde morgen David Pielich mal danach fragen.
Vielleicht weiß der eine Verbindung.

                          TOMIC

Sind die Frickel von der E-Crime-Abteilung schon an der
Verbindung dran?

                          MÜLLER

Benachrichtigt worden sind sie. Keine Ahnung, was die
machen.

                          TOMIC

Was war denn der Stand der Ermittlung bei der letzten
Verbindung?

                          MÜLLER

Soweit ich weiß, warten die noch auf die Daten aus
Uruguay. Die zieren sich wohl die Daten rauszurücken.

                          TOMIC

Jetzt könnten wir echt diese Vorratsdatenspeicherung
brauchen.

                          MÜLLER

Das habe ich denen auch gesagt, aber die meinten, damit
wären sie auch nicht schneller in diesem Fall, weil der
Täter genau wusste, was er zu machen habe, um sie zu
verlangsamen. Sie werden das rausbekommen, aber es
wird dauern.

TOMIC

Und gibt's 'ne Schätzung, wie lange?

MÜLLER

Mindestens drei Wochen. Und nur, wenn sich keine ausländische Behörde quer stellt.

TOMIC

Und der Täter weiß das?

MÜLLER

Wie lange die brauchen? Bestimmt. E-Crime meint, der wusste genau, was er gemacht hat, dann weiß er auch, dass wir die Infos irgendwann haben werden. Und auch wie lange das wahrscheinlich dauern wird.

TOMIC

Dann können wir noch mit 2 oder 3 weiteren Entführungen und erzwungenen Selbstmorden rechnen.

MÜLLER

Weil er weiß, wie viel Zeit er noch hat, bis wir ihn zurückverfolgen können?

Tomic nickt.

MÜLLER

Und wenn er die Zeit einfach nur nutzen will um zu verschwinden?

TOMIC

Der verschwindet nicht.

MÜLLER

Hä? Wieso glaubst du das?

TOMIC

Schau dir die Planung der beiden Fälle an. Da ist alles durchdacht. Ein ganz ausgeknobelter Zeitplan. Die Eltern werden unter einen riesigen Zeitdruck gesetzt. Sie haben nur wenige Stunden Zeit die Forderung umzusetzen. Da stecken ganz gewaltige Rachegefühle dahinter. Der haut dann doch nicht ab, wenn er fertig ist. Der will es den Familien noch unter die Nase reiben. Nein, ich glaub der stellt sich entweder oder er lässt sich mit Absicht erwischen, um sich dann von uns umlegen zu lassen. Deshalb brauchen wir die Aussage von der Tochter eher jetzt als morgen früh. Wir haben jetzt noch 6 Tage Zeit bis zur nächsten Entführung.

AUSSEN – VOR ANGELAS WOHNHAUS – TIEFE NACHT

Angela und Christian schlendern auf die Eingangstür von Angelas Wohnhaus zu.

Es steht in einer Reihe mit anderen 5 stöckigen Gründerzeithäusern.

Christian schaut an der Fassade empor.

CHRISTIAN

Lass mich raten, ganz oben?

Angela lächelt und küsst Christian innig.

CHRISTIAN

Ich habe nie verstanden, warum alle immer unters Dach ziehen müssen.

Angela lächelt und küsst Christian wieder.

Dann nimmt sie seine Hand in ihre Linke und will die Tür aufschließen.

ANGELA

Komm.

Christian entzieht sich ihr sanft.

CHRISTIAN

Angela, tut mir leid. Mir ist das noch zu früh.

ANGELA (erstaunt)

Okay. Zu früh. Und das ist der Grund?

CHRISTIAN (verlegen)

Ja. ... Auch.

ANGELA

Auch? Wie soll ich das bitte verstehen?

CHRISTIAN

Angela, ich habe einfach Angst. Mein letztes Jahr war im Juli.

ANGELA

Na so lange ist das ja nun auch nicht her.

CHRISTIAN

Vor neun Jahren!

ANGELA

Oh! ... Oh! ... wie hast du das ausgehalten? Und wenn das so lange her ist, lässt du dir jetzt eine Gelegenheit entgehen?

CHRISTIAN

Man gewöhnt sich daran. Ich will nur nicht, dass du enttäuscht bist. Ich bin halt aus der Übung. Und ich weiß auch nicht, ob das jetzt der richtige Zeitpunkt ist.

ANGELA

Der richtige Zeitpunkt. Du, ich glaub, ich habe es mir anders überlegt. Ich werd´ jetzt alleine nach oben gehen und mich alleine in mein Bett kuscheln und alleine einschlafen. Mach´s gut.

Sie schließt die Tür auf und marschiert straff auf die Treppe zu.

Während die Tür langsam zufällt, schaut Christian ihr traurig nach.

Er sieht die geschlossene Tür noch einen Moment an und trottet dann mit hängendem Kopf weg.

INNEN – BÜRORAUM MIT MEHREREN SCHREIBTISCHEN – VORMITTAG

Tomic berät sich mit Müller und anderen Kollegen über den Verlauf der Ermittlungen.

Tomic ist ungehalten, weil sie immer noch keine Spur haben.

TOMIC

Sack Zement und Asche, das kann doch nicht wahr sein. Wieso kommen wir hier nicht weiter.

Tomic schlägt mit der Faust auf den Tisch.

Zwei Kollegen, die hinter Tomic stehen, sehen sich an und verdrehen die Augen.

MÜLLER

Bleib mal locker, Branko. Was sollen wir denn machen?

TOMIC

Wolfgang Bütrow kennt die Pielich, und ihr bekommt nicht heraus, woher. Das kann doch nicht wahr sein. Und die einzige andere Spur, die wir sonst haben, wird erst in Wochen irgendwas bringen, weil wir nicht sehen können, welchen Weg das Internetsignal zurückgelegt hat. Mensch. kennt nicht irgendwer wen beim FBI oder bei Homeland Security, der NSA oder sonst irgendeinen Kackdienst, der uns da unbürokratisch weiterhelfen könnte?

MÜLLER

Es gibt keine Verbindung zwischen Nora Pielich und Alexandra Bütrow. Keine einzige. Ich habe es mehrmals gecheckt und Sonja auch.

Wir haben das ge-cross-checked sowohl mit ihren aktuellen, als auch mit ihren Mädchennamen. Das einzige was gleich ist, ist der Beruf. Aber nicht die gleichen Büros, keine Gemeinsamkeiten bei Vereinen, Schulen oder Kitas. Frau Bütrow war viel im Internet in Datingbörsen unterwegs und auch in einigen Chatrooms. Frau Pielich so gut wie gar nicht. Sie hat ein paar Sachen im Internet bestellt und war auch in sozialen Netzwerken registriert, aber war dort so gut wie nie aktiv.

TOMIC

Die Bütrow hat doch recht viel fremdgevögelt. Vielleicht mal mit David Pielich oder Nora Pielich?

SONJA

Ja, das stimmt wohl mit der Bütrow, da hat der Betreiber der Dating-Seite uns ihre Aktivitäten zur Verfügung gestellt. Bisher aber keine Verbindung zu den Pielichs. Aber mir ist eine andere Sache aufgefallen.

Sonja scheint zu überlegen, ob sie wirklich weitersprechen sollte.

TOMIC

Ja, und was? Hallo, komm zur Sache.

SONJA

Erstens ist auf den Account von Frau Bütrow bei der Dating-Seite regelmäßig von zwei verschiedenen Geräten zugegriffen worden.

Und zweitens kommt mir das Video ihres Todes komisch vor.

TOMIC

Okay, zum ersten Punkt, vielleicht hat sie das auch über ihr Handy gemacht?

SONJA

Nein die MAC-Adresse weist auf einen stationären Computer mit Netzwerkkarte hin. Der Seitenbetreiber meinte zu mir, dass er die IP-Adressen bis zum Nachmittag uns zur Verfügung stellen kann.

TOMIC

MAC-Adresse?

SONJA

Das ist sowas wie ein Fingerabdruck einer Netzwerkkarte. Die gibt es jeweils nur einmal auf der Welt.

TOMIC

Noch nie davon gehört. Und interessiert mich eigentlich auch nicht. Mich interessiert nur, können wir damit den Täter finden.

SONJA

Finden nicht, aber man kann sie als Beweismittel zur Überführung benutzen, wenn wir ihn geschnappt haben. Falls es der wirklich der Täter ist. Was mich zu meinem zweiten Punkt bringt.

Ich tippe eher darauf, dass die zweite MAC-Adresse zum Rechner von Wolfgang Bütrow gehört.

MÜLLER

Wie kommst du denn jetzt da drauf.

SONJA

Wie ich schon sagte, kommt mir das Video komisch vor. So gestellt.

TOMIC (nickt Sonja zu)

Weiter.

SONJA

Nichts weiter.

TOMIC

Damit wir uns hier richtig verstehen. Du vermutest, dass Wolfgang Bütrow beim erzwungenen Selbstmord von seiner Exfrau nachgeholfen hat?

SONJA (zögert und schaut sich unsicher um)

Ja.

MÜLLER

Hat doch David Pielich auch.

TOMIC

Ja, aber Frau Pielich hat sich dann selber umgebracht. Bei Frau Bütrow hat Sonja ihre Zweifel. (Schaut zu Sonja) Richtig?

SONJA

Richtig. Ich habe noch überhaupt keine Beweise dafür, …

MÜLLER

Ich glaub, da geht dein Vorstellungsvermögen mit dir durch.

TOMIC

Nein, ich habe da das gleiche Gefühl. Gute Arbeit, Sonja. Ich werde mit dem Chef sprechen und bitten, dass das wer untersuchen kann. Arnd, du brauchst Sonja doch nicht mehr bei den Abgleichen, oder?

MÜLLER

Äh, klar brauch ich sie noch dafür. Wir haben ihn ja noch nicht gefunden.

TOMIC

Wenn ihr den bisher noch nicht darüber habt, dann kommt da auch nichts mehr bei rum. Sonja wird sich um Wolfgang Bütrow kümmern, wenn der Chef zustimmt. Sonja, du suchst dir dann noch wen, aber bitte vorher mit mir absprechen.

SONJA

Okay.

TOMIC

Okay, Leute, an die Arbeit. Wir brauchen eine Spur, sucht eine.

Alle stehen auf. Tomic bleibt noch sitzen. Müller gesellt sich zu ihm.

MÜLLER

War das wirklich notwendig?

TOMIC

Was?

MÜLLER

Dass du mich vor versammelter Mannschaft so runterputzt.

TOMIC

Arnd, komm schon. Ich glaub, Sonja ist da wirklich auf etwas gestoßen. Und du hast versucht sie mundtot zu machen. Was soll ich denn da machen? Ich glaube auch, dass da irgendwas nicht passt. Es ist einfach anders als bei den Pielichs.

Tomic steht auf, Müller stellt sich ihm in den Weg.

Tomic schaut ihn erstaunt an.

MÜLLER

Ja, aber wir reden hier über Sonja. Du magst sie nicht und sie kann keine Stunde verbringen, in der sie nicht über dich und deine Methoden lästert. Sie findet dich wirklich furchtbar. Ich habe sogar gehört, dass sie sich mal beim Chef über dich beschwert hat. Du schaust immer so lüstern.

TOMIC

Wie bitte? Ich schau lüstern?

MÜLLER

Ja, und ich habe immer zu dir gestanden, wie kannst du mir jetzt so in den Rücken fallen?

TOMIC

Arnd, danke, dass du mir immer den Rücken freihältst. Aber mir ist egal, wie sie über mich denkt. Und ja, ich mag sie nicht. Aber sie hat da eine richtige Nase bewiesen. Und ich werde den Teufel tun und sie abkanzeln, nur weil ich sie nicht mag, obwohl sie recht hat. Und jetzt lass mich in Ruhe und finde endlich die Verbindung zwischen den Pielichs und Bütrows.

Tomic stürmt an Müller vorbei zu seinem Platz.

Dort will er den Chef anrufen, um ihm das mit Sonjas Entdeckung mitzuteilen.

Er sieht, dass er eine Nachricht auf seinem Anrufbeantworter hat.

Er drückt auf die Taste.

Müller setzt sich ihm gegenüber.

Tomic hat ein breites Grinsen aufgesetzt, als er den Hörer auflegt.

Er grinst Müller breit über den Tisch hinweg an.

MÜLLER (genervt)

Was?

Tomic sagt nichts.

MÜLLER

Wieso grinst du wie ein verkacktes Honigkuchenpferd.

TOMIC (sieht sich um)

Wie viele von diesen Welpen wissen wohl, was ein Honigkuchenpferd ist?

MÜLLER

Branko, was willst du?

TOMIC

Das war Wolfgang Bütrow auf dem Anrufbeantworter.

MÜLLER

Ja und?

TOMIC

Er hat sich dran erinnert, woher er Nora Pielich kennt.

MÜLLER

Nein, sag schon.

TOMIC

Sie haben zusammen gearbeitet. Bestimmt 6 Jahre lang.

Müller fällt die Kinnlade runter.

MÜLLER

Das kann nicht sein.

Wir haben das alles gecheckt. Die waren nicht im gleichen Büro.

TOMIC

Doch, vor 10 Jahren.

MÜLLER

Vor 10 Jahren? Wie alt war da die Pielich? 12?

TOMIC

23. Sie haben sich wohl während Nora Pielichs Ausbildung kennen gelernt. Und die Pielich hat dann da wohl noch 3 Jahre danach als Angestellte gearbeitet, mit Alexandra Wietzke. Beide haben dann wohl ziemlich gleichzeitig den Arbeitgeber gewechselt. Pielich hat noch für ein Jahr in einem anderen Büro gearbeitet und dann ihre letzte Stelle angetreten. Sie haben sich danach häufiger getroffen. Zuerst regelmäßig, später eher seltener. Und aus dieser Zeit kennt Wolfgang Bütrow sie.

MÜLLER

Ich glaub's nicht.

TOMIC

Flieg, flieg, junge Starling. Bring mir die Adresse der gemeinsamen Arbeitsstelle. (Leise vor sich hin) Alles gecheckt, mein Arsch.

INNEN – EIN CAFÈ – NACHMITTAGS

Christian sitzt an einem Tisch und liest gelangweilt eine Zeitschrift.

Vor ihm steht ein Milchkaffee, halb ausgetrunken.

Er sieht, wie Jay draußen gerade sein Fahrrad abschließt.

Jay blickt auf und sieht Christian ebenfalls. Beide heben die Hand zum Gruß.

Jay betritt den Gastraum, geht zu Christians Tisch.

Jay hängt seine Jacke über den Stuhl und setzt sich.

Der Kellner kommt zum Tisch.

KELLNER (übertrieben schwul)

Hi, was kann ich dir bringen?

JAY

Einen Cappuccino bitte.

Der Kellner betrachtet Jay von oben bis unten, offensichtlich sehr angetan von ihm.

KELLNER

Christian, willst du uns nicht vorstellen?

CHRISTIAN

Hä?

JAY

Ich komm seit 15 Jahren in diese Lokalität, Daniel, natürlich weiß ich, wer du bist.

CHRISTIAN (grinst)

Schwirr ab, Schwutte.

Daniel verdreht die Augen, ignoriert aber ansonsten Christians Bemerkung und reicht Jay die Hand.
Der schüttelt sie.

DANIEL

Ich weiß, wie lange du schon herkommst. Aber habe nie deinen Namen erfahren.

CHRISTIAN

Er heißt Heinz-Rüdiger, so und nun sei eine brave Diva und bring ihm sein Heißgetränk. Und da drüben die Heizdecken wollen bezahlen.

Daniel stellt sich in Pose, wirft den Kopf in den Nacken und wackelt übertrieben hüftschwingend ab.

JAY

Hahaha. Der ist echt super. Ich habe den schon lange nicht mehr hier gesehen. Dachte schon, der würde hier nicht mehr arbeiten. Was sind denn Heizdecken?

CHRISTIAN

Na Erstsemester.

JAY

Und wieso Heizdecken? Versteh ich nicht.

CHRISTIAN

Na die brennen halt noch.

Sind ganz heiß auf die Uni. Noch nicht desillusioniert von dem ganzen bürokratischen Bullshit an der Uni.

CHRISTIAN

Hahaha, ach so. Heizdecken. Ja das passt.

JAY

Und Daniel arbeitet eigentlich nur noch samstags nachmittags und sonntags morgens hier. Keine Ahnung, warum der heute da ist.

Daniel kommt mit Jays Cappuccino an den Tisch und stellt ihn vor Jay.

Außerdem hat er auch noch zwei Stücke Kuchen.

Jeweils ein Stück stellt er vor Jay und Christian.

Jay blickt ihn erstaunt an.

DANIEL

So bitte schön, ein Cappuccino. Und der Kuchen musste weg. (Er blickt zu Christian und sagt sehr ernst) Und auf deinen hab´ ich drauf gespuckt. Für die Schwutte.

CHRISTIAN

Wie immer, zu freundlich von dir. Hast du den gebacken?

DANIEL

Ja natürlich.

CHRISTIAN (zu Jay)

Er macht auch die Marmeladen fürs Frühstücksbuffet am Wochenende selber.

JAY (anerkennend nickend)

Na, du hast ja wirklich versteckte Talente.

DANIEL

(sieht Jay lüstern an, wirft den Kopf wieder in den Nacken und lacht)

Wenn du wüsstest, Schnuckel, wenn du wüsstest. Enjoy, you two.

Daniel geht ab.

Jay und Christian probieren den Kuchen.

JAY

Hmm. Lecker.

CHRISTIAN

Ja, wenn er sonst nix kann. Backen und Marmelade kochen, das kann er. Und Bier zapfen. Das sogar wirklich gut.

JAY

Naja, das ist ja auch nicht so schwer.

Christian zieht die Augenbrauen hoch.

CHRISTIAN

Man merkt, dass du kein Biertrinker bist. Bier aus ´nem Fass in ein Glas plörren, das kann jeder, klar. Aber vernünftig zapfen, das ist selten. Ne ordentliche Blume in zwei Zügen? Und nicht abgestanden? Also ich kann das nicht.

JAY

Jetzt reden wir übers Bierzapfen? Wie weit ist es gekommen, dass wir kein anderes Thema mehr finden. Ich glaub, es ist Zeit, dass wir auch mal andere Leute treffen.

CHRISTIAN

Nur zu, Daniel steht schon parat.

JAY

Hahaha, naja gut, eine Chance haste noch. Also next topic. Angela! Ich habe gehört, ihr wart schön essen und im Kino.

CHRISTIAN

Woher weißt du denn das schon wieder.

JAY

Weißt doch, das ist zwar ne Großstadt, aber in vielen Dingen dann doch ein Dorf. Also? Wie war´s.

CHRISTIAN

Schön, bis zu ihrer Haustür.

JAY

Wollte sie dich nicht mit reinnehmen?

CHRISTIAN

Eher umgekehrt.

JAY

Hä? Versteh ich nicht. Sie hat dich rein gebeten?

Christian nickt.

JAY

Wo ist dann das Problem?

CHRISTIAN

Ich wollte nicht.

JAY

Alter, biste jeck? Wieso? Du magst sie doch.

CHRISTIAN

Ja das war ja das Problem. Ich mag sie, sehr sogar. Aber nach dieser ganzen Zeit bin ich doch total aus der Übung. Und wenn ich dann da total versage, trifft die sich doch nie wieder mit mir. Und das will ich natürlich nicht. Plus wir haben ja doch recht viele gemeinsame Bekannte. Wenn sie das dann noch schön ausplaudert, weiß jeder, was für ein Versager ich im Bett bin.

JAY

Jung, du machst dir einfach viel zu viele Gedanken.

CHRISTIAN

Ich weiß, aber das ist nicht so einfach, das abzustellen. Sie war auch richtig sauer.

JAY

Wann jetzt?

CHRISTIAN

Na als sie mich zu sich hochgebeten hat und ich mich geziert hab.

JAY

Na, kann man ja auch nachvollziehen, oder? Sie muss doch jetzt auch denken, dass du sie nicht willst, zumindest in dem Sinne.

CHRISTIAN

Ich habe es ja versucht ihr zu erklären.

JAY

Aber?

CHRISTIAN

Das hat sie nur noch wütender gemacht.

JAY

Na klar. Erstens, sie ist eine Frau. Sie ist es gewöhnt, dass Männer ihr das Blaue vom Himmel runter versprechen, nur um in ihr Bett zu kommen. Und dann sich nie wieder melden. Und Zweitens hast du ihr ja nun auch indirekt vorgeworfen, dass sie das gleich weiterplappern würde. Ich kann schon verstehen, dass sie da sauer geworden ist.

CHRISTIAN

Ja, ich weiß. Ich weiß, wie das aussieht und ich weiß wie das klingt und ich weiß, wie ich an ihrer Stelle reagiert hätte. Nämlich genauso. Ich hab's halt mal wieder so richtig verbockt.

JAY

Hast du sie danach noch mal angerufen?

CHRISTIAN

Nein, aber ich habe versucht mit ihr zu chatten, als sie gerade online war.

JAY

Und?

CHRISTIAN

Sie hat schnell ausgeloggt.

JAY

Das weißt du nicht. Vielleicht hat sie´s nur übersehen. Und mal ganz ehrlich. So was beredet man auch nicht über einen Chat. Das musst du schon übers Telefon machen, wenn du das mit ihr nicht Face-to-Face machen kannst oder willst. Ruf sie an. JETZT!

CHRISTIAN

Aber ich...

JAY

JETZT!

CHRISTIAN

Ey ich...

JAY

Magst du sie?

CHRISTIAN

Ja.

                    JAY

Willst du Zeit mit ihr verbringen?

                  CHRISTIAN

Ja.

                    JAY

Denkst du, das könnte was Ernstes werden oder ist sie für
dich nur ne schnelle Nummer?

                  CHRISTIAN

Was Ernstes.

                    JAY

Alter, dann ruf sie an. JETZT! Worauf wartest du?

Christian sieht Jay ernst an. Er nimmt sein Handy und geht
aus dem Café. Jay schüttelt den Kopf.

                    JAY

Wie kann man nur so verschüchtert sein. Und wer hätte
gedacht, dass ich mal Beziehungstipps geben würde.

Christian kommt wieder ins Café und setzt sich an den
Tisch.

                    JAY

Und?

                  CHRISTIAN

Nur die Mailbox.

                    JAY

Hast du drauf gesprochen?

CHRISTIAN

Ja.

JAY

Mann Ey, nu lass dir doch nicht alles aus der Nase ziehen.

CHRISTIAN

Ich habe drauf gesprochen, das es mir leid tut wegen dem Abend und dass ich ihr das gerne in Ruhe erklären würde und ob wir uns nicht vielleicht treffen können, um darüber in Ruhe zu reden.

JAY

Vielleicht ein bisschen zu devot, aber okay.

Daniel ist, von beiden unbemerkt wieder an den Tisch getreten, um die Kuchenteller abzuräumen.

DANIEL

Devote Männer habe ich am liebsten. Hat der Kuchen geschmeckt?

JAY

Ja, war super, danke.

CHRISTIAN

Du hast ja keine Ahnung Heinz-Rüdiger. Du hattest ja keine Spucke als Glasur. Das hat dem Ganzen erst den richtigen Pfiff gegeben. Äußerst Delikat.

Daniel lacht und trägt die Teller in die Küche.

JAY

Ist doch komisch. Mit dem kannst du schäkern, ohne Ende.
Wenn du so mit Angela wärst...

CHRISTIAN

Bei Daniel geht es ja auch um nix. Da kann ich locker sein.

JAY

Mach dich logga, Digga.

Beide lachen.

INNEN – EIN WARTEBEREICH EINES BÜROS- NACHMITTAG

*Tomic und Müller sitzen im Wartebereich eines Büros und
blättern lustlos in Zeitschriften.*

*Neben ihnen sitzt ein Mann in einem teuren Anzug, der die
Financial Times Deutschland liest, und ein älterer Herr mit
einem dicken Aktenordner auf dem Schoß.*

*Tomic seufzt und schaut auf die Uhr. Müller schaut zu ihm
rüber.*

MÜLLER

Soll ich beim Vorzimmerdrachen mal etwas Dampf
machen?

TOMIC

Ne, lass mal, ich denke...

VORZIMMERDAME

Herr Tomic und Herr Müller?

Beide stehen auf und gehen zu der Dame. Die zeigt ihnen den Weg in einen Besprechungsraum.

VORZIMMERDAME

Bitte nehmen sie Platz. Herr Rawen ist dann gleich bei Ihnen. Kann ich Ihnen vielleicht einen Kaffee oder einen Tee bringen?

TOMIC

Ein Kaffee wäre nett.

MÜLLER

Für mich auch, bitte.

Die Vorzimmerdame geht hinaus und schließt die Tür hinter sich.

MÜLLER

Nettes Büro.

TOMIC

Naja, schau dir das billige Laminat an. Und ich wette, die Bücher in den Regalen hat noch nie jemand rausgenommen, außer zum Staub wischen.

Die Tür geht auf und ein Mann im Hemd und Krawatte kommt herein. Ihm folgt die Dame von der Anmeldung mit den beiden Kaffees für Tomic und Müller. Herr Rawen reicht ihnen zur Begrüßung die Hand.

RAWEN

Rawen. Guten Tag meine Herren.

TOMIC

Guten Tag Herr Rawen. Mein Name ist Tomic, und das ist mein Kollege Müller. Wir sind von der Polizei, Abteilung Gewaltverbrechen.

RAWEN

Mordkommission?

TOMIC

So etwas wie eine Mordkommission gibt es zwar nicht, aber, ja. Mord beinhaltet unsere Arbeit ebenfalls.

RAWEN

Dann schießen Sie mal los. Hihihi. Womit kann ich Ihnen helfen.

TOMIC

(verdreht die Augen wegen des schlechten Witzes)

Kennen Sie eine Nora Pielich oder eine Alexandra Bütrow?

RAWEN (denkt kurz nach)

Nicht, dass ich wüsste. Beide Namen sind mir nicht geläufig.

TOMIC

Vielleicht kennen Sie die beiden noch unter ihren Mädchennamens Nora Bendzkah und Alexandra Wietzke.

RAWEN (zieht die Augenbrauen hoch)

Ja, die beiden Namen sagen mir was. Um was geht es hier?

TOMIC

Beide sind tot, Herr Rawen.

RAWEN

Oh.

TOMIC

Ja, Oh. Und die einzige Gemeinsamkeit der beiden ist dieses Büro.

RAWEN

Hm, das ist aber schon recht lange her.

TOMIC

Ja, können Sie mir aus dem Kopf noch was dazu sagen? Oder müssen sie sich erst die Personalakten raus suchen?

RAWEN

Ich bräuchte da die Personalakten. Ich war damals noch nicht Chef hier. War damals hier nur angestellt als Steuerberater. Chefin war meine Mutter. Vielleicht sollten Sie mir ihr darüber reden.

TOMIC

Okay, wo können wir denn ihre Mutter antreffen?

RAWEN

Ich könnte sie anrufen. Sie wohnt nur 100 Meter von hier entfernt. Sie kann bestimmt kurz rüberkommen.

TOMIC

Okay, machen Sie das.

Wir hätten aber trotzdem gerne einen Blick in die Personalakten geworfen. Das könnten wir ja vielleicht machen, während wir warten.

RAWEN

Natürlich. Ich lasse sie Ihnen bringen. Bitte entschuldigen Sie mich.

Rawen holt sein Handy aus der Hosentasche und verlässt den Raum.

MÜLLER

Der gibt uns einfach so die Akten? Fragt noch nicht mal nach ´nem Gerichtsbeschluss. Was ist das für ein Steuerberater?

TOMIC

Passt zum Laminat.

Müller lacht. Die Vorzimmerdame bringt vier Personalakten.

VORZIMMERDAME

Ich soll ihnen von Herrn Rawen ausrichten, seine Frau Mutter wird gleich hier sein. Kann ich Ihnen noch einen Kaffee bringen?

Tomic schaut erstaunt auf die vier Aktenordner.

TOMIC (abwesend)

Nein danke, wir brauchen nichts.

Die Dame verlässt wieder den Raum.

Müller nimmt sich die Akten.

MÜLLER

Nora Bendzkah, Alexandra Wietzke, Laura Popp und Christian Saling. Wer sind die anderen beiden?

Tomic greift sich die Saling-Akte.

TOMIC

Das könnte unser Täter sein. Mal sehen.

Tomic blättert durch die Akte.

TOMIC

Hm, interessant. Ich glaub ich habe noch nie so viele Beschwerden über jemanden in einer Akte gesehen. Und alle kommen von der Pielich, Bütrow und dieser Frau Popp. Hm, mal sehen. Er ist unfreundlich, er stinkt, er weigert sich Anweisungen auszuführen. Such es dir aus, er hat es getan, bzw. eben nicht getan.

MÜLLER

Scheint ja ein ziemlich fauler Sack gewesen zu sein.

TOMIC

Keine einzige Abmahnung. So viele Beschwerden und keine Abmahnung.

MÜLLER

Na und? Netter Arbeitgeber halt. Find ich gut. Lieber mal ein persönliches Gespräch führen, anstatt gleich mit Abmahnungen rumfuchteln.

TOMIC

Ja vielleicht.

MÜLLER

Als was hat der hier gearbeitet?

TOMIC

Der hat eine Ausbildung gemacht. Ziemlich alt dafür. Der war 29, als der mit der Ausbildung angefangen hat.

MÜLLER

Eine Ausbildung mit 29? Was hat der vorher gemacht?

TOMIC

Warte hier muss doch seine Bewerbung drin sein. Ah, hier sein Lebenslauf. Hm, der hat studiert. Lehramt für Hauptschule. Nicht abgeschlossen.

MÜLLER

Hm.

Die Tür geht auf und eine ältere Dame betritt den Raum.

FRAU RAWEN

Guten Tag meine Herren.

Sie reicht Müller und Tomic die Hand zur Begrüßung.

FRAU RAWEN

Ah gut, Sie haben schon die Akten. Mit wem habe ich die Ehre?

TOMIC

Frau Rawen, mein Name ist Tomic und das ist mein Kollege Herr Müller. Wir untersuchen den Tod von Nora Pielich und Alexandra Bütrow. Sie kennen die beiden Damen noch unter ihren Mädchennamen.

FRAU RAWEN

Mein Sohn sagte mir, die beiden sind ermordet worden?

TOMIC

Naja nicht direkt, aber ja. Frau Rawen, wieso haben Sie uns diese beiden zusätzlichen Akten bringen lassen?

FRAU RAWEN

Haben Sie noch nicht reingeschaut?

TOMIC

Doch doch, aber wir würden es gerne von Ihnen hören.

FRAU RAWEN

Ich habe die beiden eigentlich immer geschätzt.

TOMIC

Bis sie den Herrn Saling gemobbt haben?

Müller schaut erstaunt auf.

FRAU RAWEN

Genau, das war hässlich. Wirklich hässlich. Herr Saling war so euphorisch zu Beginn. Da habe ich seinen emotionalen Ballast nicht wahrgenommen.

TOMIC

Bitte der Reihe nach. Sie haben Herrn Saling die Möglichkeit gegeben hier eine Ausbildung zu machen.

FRAU RAWEN

Genau. Er hatte gerade sein Studium abgebrochen und suchte eine Ausbildungsstelle. Er wollte eigentlich erst zum Sommer anfangen, ich habe ihn dann aber überredet mitten im Jahr anzufangen. Wir hatten gerade eine Auszubildende verloren. Ihre schulischen Leistungen waren ziemlich schlecht und es war klar, dass sie die Ausbildung nicht schaffen würde. Und im Nachhinein wurde sie auch von den drei Damen etwas drangsaliert. Das habe ich damals aber nicht so mitbekommen. Naja, Herr Saling schien jedenfalls ziemlich glücklich über die Möglichkeit der Ausbildung zu sein.

TOMIC

Sie sprachen von emotionalem Ballast?

FRAU RAWEN

Ja, Herr Saling hatte eine schwere Zeit hinter sich, und ganz ehrlich, jetzt im Rückblick muss ich sagen, er hätte sich eher in professionelle Hilfe begeben sollen als eine Ausbildung anzufangen.

Die Tür zum Besprechungsraum öffnet sich.

Frau Rawen verstummt.

Die Vorzimmerdame betritt den Raum mit einem Cappuccino, den sie vor Frau Rawen abstellt.

FRAU RAWEN

Danke, Frau Bretowski.

Frau Bretowski verlässt wieder den Raum.

FRAU RAWEN

Wo waren wir? Ach ja, Herr Saling. Ich weiß eigentlich keine Einzelheiten über seine früheren psychischen Probleme. Nur so viel. Er hat wohl die Trennung von seiner Verlobten nicht gut verkraftet. Und der Laden seines Vaters hat Pleite gemacht, oder so. Jedenfalls war er ziemlich fertig mit der Welt.

TOMIC

Und das haben Sie nicht mitbekommen?

FRAU RAWEN

Nein. Und ich muss auch sagen, es hat mich nicht wirklich interessiert. Wir brauchen Auszubildende. Wissen sie wofür?

TOMIC

Sagen Sie es mir.

FRAU RAWEN

Wir haben hier natürlich nicht nur Großmandanten.

Wir betreuen auch viele Kleinstbetriebe. Kioske, Wäschereien, Tankstellen, kleine Handwerker. Die wollen alle ihre Buchführung gemacht haben. Normalerweise müssten wir sagen, sorry, das geht nicht. Wir können Ihnen nicht genug dafür berechnen. Das wiegt die Arbeitszeit nicht auf. Also brauchen wir Auszubildende, die das machen. Die kosten nix und machen für uns so trotzdem Gewinn.

MÜLLER

Was verdient denn ein Auszubildender so bei Ihnen.

FRAU RAWEN

Herr Saling hat im ersten Jahr, warten Sie(kramt in der Saling-Akte), 297,83€ im Monat verdient.

MÜLLER

Bei einer 40 Stundenwoche?

FRAU RAWEN

Ja, die Azubis haben im ersten Jahr 1 ½ Tage Berufsschule in der Woche.

MÜLLER

Das ist ja frech.

TOMIC

Zurück zu Herrn Saling. Was ist da denn zwischen ihm und Frau Pielich, Frau Bütrow und Frau Popp vorgefallen?

FRAU RAWEN

Frau Wietzke war zuerst seine Ausbilderin. Sie hat ihm die Grundzüge der Buchführung beigebracht. Und er hat das wohl zuerst recht gut gemacht. Da hat sie Fehler im Nachhinein in die Buchführung eingebaut.

MÜLLER

Er macht alles richtig und sie manipulierte seine Buchführung, damit sie ihn zu Recht stutzen konnte?

FRAU RAWEN

Ja. Er war sich allerdings ziemlich sicher, dass er alles richtig gemacht hatte. Im nächsten Monat hat er sich dann vorher einen Ausdruck gemacht von seiner Buchführung, bevor er sie ihr zur Durchsicht gegeben hat. Sie hat dann wohl den gleichen Fehler wie im Vormonat eingebaut und wollte ihn zurechtweisen. Er hat sich das alles angehört und ihr seinen Ausdruck vorgelegt. Und meinte wohl so was wie „komisch, hier steht es noch richtig." Frau Wietzke saß damals mit einigen älteren Damen zusammen in einem Büro, und ihr war es wohl ziemlich peinlich bei der Manipulation erwischt worden zu sein. Naja, von da an war es um die berufliche Beziehung zwischen den beiden jedenfalls geschehen. Frau Wietzke hat sehr pedantisch nach Fehlern bei Herrn Saling gesucht. Dazu kam, dass Herr Saling große Probleme mit dem frühen Arbeitsbeginn hatte.

Er kam so gut wie nie zu spät, aber er muss wohl immer sehr knapp aufgestanden sein. Jedenfalls nicht früh genug, um noch regelmäßig morgens zu duschen. Immer gegen nachmittags jedenfalls merkte man das zumindest. Lange Rede, kurzer Sinn, die drei Damen haben alles dafür getan, es Herrn Saling hier so ungemütlich wie möglich zu machen.

TOMIC

Und was haben Sie gemacht?

FRAU RAWEN

Ich habe zuerst nichts davon mitbekommen. Herr Saling hat sich auch nie über die Damen beschwert. Ich habe ihn eher noch zurechtgewiesen, wenn eine der drei sich wieder über ihn beschwert hatte. Auch da hat er sich nie verteidigt. Mir ist das dann in seinem letzten Lehrjahr von einer älteren Mitarbeiterin zugetragen worden. Sie mochte Herrn Saling eigentlich von Anfang an nicht, musste aber über längere Zeit mit ihm arbeiten, weil sie unsere Lohnabteilung geführt hat und die Auszubildenden jeder für ein halbes Jahr bei ihr die Lohnbuchhaltung lernen. Dabei hat sie ihn wohl näher kennen gelernt und auch von seinen privaten Problemen erfahren. Und sah das ganze wohl dann in einem etwa anderem Licht. Wie dem auch sei, sie hat mir dann davon erzählt. Herr Saling war inzwischen durch seine erste, allerdings vorgezogene, Prüfung gefallen.

Das hat er ganz schlecht verkraftet. Nicht dass er die Prüfung nicht geschafft hat, sondern, dass er ein weiteres halbes Jahr hier arbeiten musste. Eigentlich konnte ich ihm keine Aufgabe mehr geben. Er hat nichts geschafft. Ich habe dann die drei Damen zu mir gerufen und sie angewiesen ihn in Ruhe zu lassen. Er hat dann mit Hängen und Würgen die Prüfung beim zweiten Mal bestanden. Drei Tage später habe ich ihm sein Zeugnis gegeben und danach nie wieder gesehen.

MÜLLER

Übernommen haben sie ihn nicht?

FRAU RAWEN

Ich will es mal so ausdrücken. Selbst wenn ich ihm das angeboten hätte, er wäre nie hier geblieben. Ich konnte ihn auch nicht an einen meiner befreundeten Steuerberater verweisen. In seiner Verfassung konnte der nicht mehr arbeiten. Ich habe gehört, er ist dann ein paar Monate später auch stationär in eine psychiatrische Klinik eingewiesen worden, wegen eines Selbstmordversuchs.

TOMIC

Was haben Sie mit den drei Damen gemacht?

FRAU RAWEN

Frau Bendzkah und Frau Wietzke habe ich nahe gelegt, sich ein anderes Büro zu suchen.

Ich habe sie nicht gefeuert, aber deutlich gemacht, dass ich den beiden keine Steine in den Weg legen würde, sollten sie uns verlassen wollen.

TOMIC

Und Frau Popp?

FRAU RAWEN

Frau Popp ist eine Mittläuferin. Sie wollte zu den angesagten Mädels wie Frau Bendzkah und Frau Wietzke gehören. Ich habe auf einer Weihnachtsfeier sogar beobachtet, wie sie sich sehr freundlich mit Herrn Saling über längere Zeit unterhalten hat. Sie wurde von Nora und Alexandra eher angestiftet, als dass sie das selber so machen wollte.

TOMIC

Frau Rawen, wissen Sie, wo Frau Popp jetzt arbeitet?

FRAU RAWEN

Natürlich. Hier in diesem Büro.

TOMIC und MÜLLER schauen sich überrascht an.

AUSSEN – IM DIENSTWAGEN VON TOMIC UND MÜLLER – SPÄTER NACHMITTAG

Tomic und Müller sitzen in ihrem Wagen.

MÜLLER

Was für eine arme Sau.

TOMIC

Dieser Saling?

MÜLLER

Jupp. Diese Schlampen haben den nach allen Regeln der Kunst fertig gemacht. Und diese eiskalte Dreckschefin hat einfach die Augen zugemacht. Die kann mir doch nicht erzählen, dass die nichts von alledem mitbekommen hat.

TOMIC

Es hat sie halt nicht interessiert. Wenn du wen für unter 300€ bei einer 40 Stundenwoche beschäftigst, zeigt das viel von deiner Gesinnung. Und der Gesinnung des ganzen Berufsstandes.

MÜLLER

Ich wusste ja, dass die wenig verdienen, aber so wenig! Und so wie ich das gehört hab, ist die Ausbildung wirklich happig. Ohne Abitur wird das schwer. Mit ´nem Hauptschulabschluss schafft man das anscheinend nicht, auch intellektuell nicht. Und mit einer drei in der Abschlussprüfung ist man richtig gut. Eine Zwei oder gar eine Eins gibt es so gut wie nie. Vielleicht einer eines Jahrgangs schafft das. Naja, Hauptsache den Unternehmern zeigen wie man schön Steuern hinterzieht, ohne erwischt zu werden.

TOMIC

Naja, ganz so ist das ja nun auch nicht.

MÜLLER

Ach ja? Mein Nachbar fährt doch ´nen S600 von Mercedes, habe ich dir doch erzählt, oder?

Tomic zuckt mit den Achseln.

MÜLLER

Natürlich ist das sein Firmenwagen. Und die Kosten, sowohl die Anschaffungs- als auch die fortlaufenden Kosten, kann der schön bei der Steuer absetzen. Die mindern seinen Gewinn, also muss er weniger Steuern zahlen. Im Endeffekt zahlt er dann halt wesentlich weniger für das Auto. Zumindest wesentlich weniger, als ich als Beispiel zahlen müsste. Das ist gewollte und gebilligte Steuerhinterziehung.

TOMIC

Naja, ganz so ist das ja nun auch nicht.

MÜLLER

Sagtest du schon. Ich find trotzdem, Steuerberater sind hauptsächlich dazu da den Staat zu betrügen und nicht um Menschen vor ungerechtfertigten Ansprüchen des Finanzamts zu schützen.

TOMIC

Naja, ganz so ...

MÜLLER

Ist das ja nun auch nicht. Ich hab´s verstanden. So, was machen wir nun?

TOMIC

Erstens, wir finden diesen Christian Saling. Zweitens, bis wir den haben, stellen wir diese Frau Popp und ihre Familie unter Schutz.

INNEN – WOHNZIMMER VON SVEN UND NICKY – ABENDS

SVEN und NICKY sitzen im Wohnzimmer. SVEN hat ihre Tochter Lena, ein Jahr alt, auf dem Arm.

NICKY

Bringst du sie zu Bett? Angela müsste gleich da sein.

SVEN

Ja, ich will nur noch das Klingeln abwarten.

Sonst ist sie grad eingeschlafen, wenn Angela bimmelt.

In dem Moment klingelt es an der Tür.

SVEN

Wenn man vom Esel tratscht, kommt er gelatscht.

Nicky lacht und knufft Sven sanft. Sven steht, mit Lena auf dem Arm, auf und geht zur Tür. Nicky geht in die Küche. Sven drückt auf den Türsummer und öffnet die Tür. Nach kurzer Zeit ist Angela da.

ANGELA

Hi Sven.

Sie gibt ihm einen Kuss auf die Wange und lenkt ihre Aufmerksamkeit auf Lena.

ANGELA

Hi du. Na? Bist du noch wach, Süße? Bist du noch wach.

SVEN

Gleich nicht mehr, hoffe ich.

Nicky kommt aus dem Wohnzimmer in den Flur.

NICKY

Hi Süße. Na, wie geht's?

Angela und Nicky umarmen sich. Nicky wendet sich Sven zu und streichelt Lena an der Wange.

NICKY

So, der Papa bringt dich jetzt ins Bett, nicht wahr? Damit Mama jetzt schön ihre Serien mit Tante Ange gucken kann. Gute Nacht du süße Kleine.

ANGELA

Gute Nacht, Leni, gute Nacht, Sveni.

SVEN

Jaja, schaut ihr mal euren Herzschmerzscheiß. Lena und ich, wir machen es uns jetzt mal so richtig kuschelig.

Sven geht mit Lena ins Babyzimmer. Nicky und Angela schauen ihm hinter her. Beide lachen gleichzeitig, schauen sich an.

NICKY

Los, ab ins Wohnzimmer. Den Sekt habe ich gerade aufgemacht.

Und Schokolade und Erdbeeren stehen auch parat.

Angela klatscht freudig in die Hände.

ANGELA

Ah, einen Sekt, das brauch ich jetzt.

Beide stürmen ins Wohnzimmer und schmeißen sich auf das Sofa.

ANGELA

Müssen wir heute den Muffel ertragen?

NICKY

Nee, der hat ein neues Computerspiel. Dem wird er sich wohl widmen.

ANGELA

Prima, keine doofen Bemerkungen, keine verdrehten Augen. Good times, good times.

Nicky schenkt zwei Gläser Sekt ein, nimmt sich eins und reicht eins zu Angela. Beide prosten sich zu und nehmen einen Schluck.

NICKY

So, bevor das anfängt. News zu Christian, please.

ANGELA

Das letzte, was du weißt, ist...?

NICKY

Dass er nicht mit hoch zu dir wollte. Und du ihn stehen gelassen hast und bockig alleine hochgestratzt bist.

ANGELA

Sauer, traurig und enttäuscht, aber nicht bockig.

NICKY

Wohl bockig. Also was dann? Hat er sich schon gemeldet?

ANGELA

Ja, er wollte wohl mit mir chatten. Das habe ich aber gar nicht mitbekommen. Muss in dem Moment gewesen sein, als ich ausgeschaltet hab. Naja, er hat das natürlich auf sich bezogen.

NICKY

Doof gelaufen.

ANGELA

Ja und ziemlich nervig.

NICKY

Wieso?

ANGELA

Bei ihm gibt es so viele Tabus. So viele Dinge, die man am besten gar nicht erst anspricht, oder wenn, dann nur ganz sachte. Er ist so vorsichtig und so schnell in einer abwehrenden Blockade.

NICKY

Aber du magst ihn?

ANGELA

Hätte ich ihn sonst mit hochnehmen wollen?

Klar mag ich ihn. Sogar jetzt, wo wir über ihn sprechen, habe ich dieses wohlig-flaue Gefühl im Magen.

NICKY (lacht und freut sich)

Das ist doch prima.

ANGELA

Ja, aber er ist so anstrengend.

NICKY

Mag sein, aber du magst ihn!

ANGELA

Er ist so ganz anders als alle anderen vor ihm.

NICKY

Ist doch gut! Bisher hattest du ja nicht gerade ein glückliches Händchen mit deinen Freunden.

ANGELA

Ja, ach ich weiß nicht. Irgendetwas stimmt da nicht mit ihm. Und ich würde einfach gerne wissen, was das ist. Aber über seine Vergangenheit darf ich ja nicht sprechen.

NICKY

Klar darfst du über seine Vergangenheit sprechen, aber sachte halt. Und dann ist er auch einfach nicht mehr der Mensch von damals.

ANGELA

Ich weiß nicht, nach dem letzten Mal, bin ich da schon etwas vorsichtig, das zur Sprache zu bringen.

Und das ist irgendwie auch nicht das Wahre zu Beginn einer Beziehung.

NICKY

Ach, Ange.

ANGELA

Kannst du mir nicht sagen, was da so alles passiert ist mit ihm?

NICKY

Hm, ich weiß nicht. Ich kenne auch nicht alles. Und meist auch nur Andeutungen. Frag doch mal Jay.

Angela zieht die Augenbrauen hoch.

ANGELA

Jay? Nur unter Protest. Was ist mit Sven?

NICKY

Warte, ich frag ihn.

Nicky geht ins Babyzimmer. Sven sitzt am Bettchen von Lena. Sie scheint zu schlafen. Nicky massiert sanft Svens Nacken.

NICKY

Schläft sie?

SVEN

Ja. Ich geh jetzt an den Computer, okay? Braucht ihr noch was?

                              NICKY

Ja wir könnten dich grad mal gebrauchen.

Sven schaut erstaunt.

                              SVEN

Okay, wobei denn?

*Nicky nimmt Svens Hand und zieht in mit ins Wohnzimmer.
Dort angekommen schaut Sven fragend von Nicky zu
Angela und zurück.*

                              NICKY

Angela würde gern mehr über Christians Vergangenheit
wissen.

Sven verdreht die Augen.

                              NICKY

Och, komm schon.

                              SVEN

Nee, echt nicht. Ich hab keine Lust über Freunde zu
tratschen.

                             ANGELA

Bitte, Sven. Alle die ihn kennen verweisen immer auf dich
und Jay. Die sagen, sie kennen nicht die ganze Geschichte
und wollen immer nix rausrücken. Und Jay kann und will
ich nicht fragen.

                              SVEN

Ich weiß auch nicht, ob ich alles darüber kenne.

Jays Schwester, die kennt alles, was es darüber zu wissen geht. Die kennt den noch aus der Zeit, als alles bei ihm in Ordnung war. Die kennt sogar Lilith. Ich habe die nur einmal gesehen.

ANGELA

Lilith?

SVEN(seufzt tief)

Okay, okay, okay. Was weißt du bisher?

ANGELA

Nur, dass er Profisportler werden wollte, was nicht geklappt hat, er dann sein Studium abbrechen musste, weil er sich das nicht mehr leisten konnte und sein Vater Pleite gegangen ist und Schluss endlich hat er eine Ausbildung gemacht, die ihm so gar nicht zugesagt hat.

SVEN

Als Grundtopic fehlt da nur die Trennung von Lilith.

ANGELA

Das war es?

NICKY

Komm schon, Sven.

SVEN

Als Überschrift, ja das war es. Naja die Trennung war wirklich heftig. Die waren sehr lange zusammen. 7 Jahre oder so. Und waren auch verlobt.

Dabei waren sie noch recht jung. Er war Mitte zwanzig, sie Anfang zwanzig, dreiundzwanzig oder so. So wie ich das mitbekommen habe, war das dann für sie etwas beängstigend. Mit Anfang zwanzig heiraten und so. Naja, Sie hat sich dann so was gedacht wie „das war's jetzt schon für mich?" und meinte für sich wohl, nein, das kann es nicht gewesen sein. Sie hat dann was mit zwei anderen Typen angefangen.

ANGELA

Gleich mit zweien?

SVEN

Ja, gleichzeitig so.

ANGELA

Ja, das habe ich schon verstanden, dass sie sich zwei Affären gesucht hat.

SVEN

Nein, eine Affäre.

Sven sieht sie fragend an. Angela, versucht zu verstehen, was er meint. Dann fällt bei ihr der Groschen.

ANGELA

Also gleichzeitig, gleichzeitig. Oh.

SVEN

Genau. Naja, das lief anscheinend ganz toll für sie und da hat sie ihm den Laufpass gegeben. Ziemlich hart auch.

Hat ihn zu gemeinsamen Freunden bestellt. Ihm gesagt, dass das nicht mehr funktioniert mit ihnen und das Schluss ist. Die genauen Gründe hat sie ihm verschwiegen. Er durfte nach der Ansage sich jedenfalls wieder trollen, ins Haus seiner Eltern, die gerade im Urlaub waren, und sie hat sich schön von ihren Freunden trösten lassen.

ANGELA

Moment mal, er meinte er kommt aus einer Kleinstadt etwas nördlich von hier. Hat aber hier studiert. Wann war denn das?

SVEN

Vor 12 Jahren. Beide, Christian und Lilith haben Lehramt studiert. Und wollten aber ihr Praktikum in ihrer Heimatstadt machen. Christian hatte da zwar nur noch lose Kontakte hin, Lilith aber immer noch recht viele. Und sie konnten wohl das Praktikum bei einer Bekannten von ihnen machen, die da an einer Schule gearbeitet hat. Lilith hat dann aber im Dezember ihr Studium geschmissen und eine Ausbildung zur Fahrlehrerin angefangen. Bei dieser Ausbildung hat sie dann auch die Typen kennen gelernt. Und Christian wollte, dann auch nicht mehr dort das Praktikum machen, aber er hat in der Kürze der Zeit keinen anderen Platz gefunden. Während er also in seiner Heimatstadt ist, hat Lilith ihre Zeit hier verbracht. Mit diesen Kerlen. In Christians Wohnung.

ANGELA

Okay, eine miese, böse Trennung.

SVEN

Naja, das ist noch nicht zu Ende. Christian hat nicht wirklich eine Chance gehabt, damit abzuschließen. Er hatte sie halt gebeten reinen Tisch zu machen. Und sie hat ihm noch tausend Dinge verheimlicht. Angeblich um ihm nicht noch mehr weh zu tun. Ich glaube eher, sie hat sich dafür innerlich geschämt, was sie da gemacht hat. Da beide auch in der Videothek gearbeitet haben, hatten sie darüber viele gemeinsame Bekannte. Und so hat er nach und nach dann doch alles rausbekommen. Aber immer halt so tröpfchenweise. Immer wenn er mit der einen Sache abgeschlossen hatte, kam das nächste ans Tageslicht. Und einiges war schon recht hässlich. Das gipfelte dann darin, dass Christian auf einer Geburtstagsfeier, zwei Jahre nach der Trennung, erfahren hat, dass Lilith schwanger war. Wohl von ihm. Das war wohl auch der Grund für sie alles hinzuschmeißen. Also das Studium, die Beziehung zu Christian, ihr ganzes altes Leben.

ANGELA

Sie hat das Kind abgetrieben?

SVEN

Ja, aber Christian wusste davon nichts.

Er hat es halt erst 2 Jahre nach der Trennung erfahren. Sie hat ihm auch noch Geld geschuldet, das wollte sie in Raten zurückzahlen. Was sie aber nie gemacht hat. Und als Christian so langsam in Geldnöte kam, wollte er dann, dass sie mal die Raten ernst nimmt. Sie hat ihm dann das ganze Geld und alle Dinge, die sie von hatte, also Geburtstagsgeschenke und so weiter in einem Müllsack vor die Tür geschmissen. Jedenfalls hatte er kaum die Chance, mit der Sache abzuschließen. Er hat sich dann in die Arbeit in der Videothek geworfen und die Uni schleifen lassen. Er konnte wohl nur in der Videothek mal an was Anderes denken als an die Trennung. Naja, so ist dann langsam sein Studium zu Bruch gegangen. Jays Schwester ist dann oft mit ihm am Wochenende aus gewesen. Er hat versucht sich eine neue Freundin zu suchen. Aber die haben natürlich gespürt, dass er da immer noch in Gedanken bei seiner Ex ist. Eine hat es dann doch mal versucht mit ihm. Das war aber bestimmt 3 Jahre nach der Trennung. Mir fällt der Name nicht mehr ein, Franka oder so. Die war eigentlich ganz nett. Aber mir kam die immer schon ein bisschen maskulin vor. Naja, die beiden haben sich dann also zusammengetan. Aber nachdem die das erste Mal dann, wie soll ich sagen, hm, intim waren, hat sie dann beschlossen, dass sie doch lieber Frauen mag.

ANGELA

War das vor 9 Jahren?

SVEN

Ja das kommt hin. Und soweit ich weiß war die seine letzte.

Nicky schaut zu Angela rüber.

ANGELA

Hm, ja, das erklärt was.

SVEN

Keine Ahnung wie ich damit klarkommen würde. Du hast Sex mit `ner Frau und die sagt danach, „äh nee, ich glaub ich steh dann doch eher auf Frauen". Das muss man auch erst mal verkraften. Ich weiß, als er mir das erzählt hat, ich wusste nicht, ob ich lachen oder ihn trösten sollte. Wie dem auch sei, Christian geriet dann immer mehr in Geldschwierigkeiten, weswegen er dann noch mehr in der Videothek gearbeitet hat und die Uni wirklich nun nur noch von außen gesehen hat. Und dann kamen die Studiengebühren und das war´s dann für ihn mit dem Studium. Sein Vater konnte ihm nichts mehr dazugeben, weil er ja auch pleite war, aber das weißt du ja. Sein Onkel hat ihn dann überredet eine Lehre bei einem Steuerberater zu machen. Er hat wohl selber bei einem gearbeitet, und kannte den Sohn der Steuerberaterin, wo Christian anfangen sollte. Und ihn dann ja auch angestellt. Von der Ausbildung weiß ich nur wenig. Er ist da aber ziemlich gemobbt worden.

Da er psychisch von der Trennung und dem Studiumabbruch noch ziemlich angeschlagen war, war er anscheinend ein leichtes Opfer für die. Eigentlich kann der sich schon wehren, aber so wie ich das gehört habe, wurde ihm jede Möglichkeit sich zu wehren von der Chefin genommen. Er meinte mal zu mir, die einzige Möglichkeit wäre gewesen, sich physisch zur Wehr zu setzen. Und das wollte er nicht. Klar wusste er auch, dass er damit nur verlieren kann. Also hat er das versucht zu ertragen. Nur hat das seine gesamte verbliebene Kraft gekostet. Für die Arbeit und die Ausbildung war so gut wie nichts mehr übrig. Er hat es dann doch geschafft die Prüfung zu bestehen. War aber komplett ausgebrannt. Lag zwei Monate nur im Bett, hat sich noch nicht mal arbeitslos gemeldet. Im Februar hat er die Prüfung bestanden. Er wollte nur noch bis Juni durchhalten. Da hat seine Schwester geheiratet. Und danach wollte er Schluss machen.

ANGELA

Sich umbringen?

SVEN

Ja genau.

ANGELA

Hat er dann aber nicht.

SVEN

Nein, nach der Hochzeit ist er zu Jays Schwester gefahren, um sich zu verabschieden und die hat das ganze wohl durchschaut und es ihm auf den Kopf zugesagt. Er ist dann bei ihr einfach zusammengebrochen. Sie hat ihm dann versucht so gut wie möglich zu helfen und ihn zu ihrem Psychologen geschleppt. Der hat ihn dann gleich in eine Klinik eingewiesen. Naja und dann ist er in die Mühlen von Hartz 4 geraten. Das war für ihn genau das Falsche. So wie die ihn da behandelt haben. Keine Ahnung. Aber ich glaub, wir können froh sein, dass er nicht doch noch den letzten Ausweg genommen hat. Sein Glück war, dass er einen 1-Euro-Job ergattern konnte, bei der Martini-Kirche. Die haben ihn wirklich wieder aufgebaut da. Und da kam er auch auf die Idee zu schreiben. Und durch seinen Kumpel in Amerika ist er dann auch an diese Produktionsfirma gekommen. Naja, das weißt du sicher schon alles.

ANGELA (mit geröteten Augen)

Danke Sven. Danke, das erklärt sehr viel.

Nicky nimmt Angela in den Arm. Sie nickt Sven zu.

SVEN

Ich geh dann mal an meinen Computer. Ich schau noch mal bei Lena rum. Braucht ihr noch was?

Nicky schüttelt mit dem Kopf. Sven verlässt den Raum.

ANGELA

Oh Mann, was für ein scheiß Schicksal.

NICKY

Ja, er hatte keine leichte Zeit.

ANGELA

Kein Wunder, dass der nicht mit hoch wollte.

NICKY

Wie willst du jetzt mit ihm umgehen; jetzt wo du das alles weißt?

ANGELA

Als erstes werde ich ihn in den Arm nehmen, morgen.

NICKY

Morgen?

ANGELA

Ja, er hat mir auf den Anrufbeantworter gesprochen und um ein Treffen gebeten. Er wollte mir einiges erklären. Ich habe ihn angerufen und mich mit ihm für morgen Abend verabredet.

NICKY

Das ist doch super.

ANGELA

Naja, ich war noch sehr sauer. Und nicht gerade besonders freundlich zu ihm.

NICKY

Egal, morgen kannst du das alles mit ihm klären.

Nimm ihm einfach die Angst, dass so etwas wie mit dieser Franka wieder passieren wird.

ANGELA (lacht)

Nein wahrlich nicht. Ich hoffe nur, er liest nichts Falsches aus meiner Schroffheit, als ich den Termin mit ihm abgemacht habe.

NICKY

Ruf ihn an oder fahr einfach zu ihm hin. Jetzt, mein ich.

ANGELA (denkt kurz nach)

Nein, morgen reicht vollkommen. Wir schauen jetzt unsere Serien. Los, Sekt her, genug rumgewimpt.

NICKY

Aye, aye Captain.

INNEN – BÜRORAUM MIT MEHREREN SCHREIBTISCHEN – VORMITTAG

Mehrere Leute sitzen an Ihren Schreibtischen. Tomic steht am Ende des Raums, er gibt eine Zusammenfassung der Ereignisse des Vortages.

TOMIC

Okay, gut. Wir haben Frau Popp und ihre Kinder unter Beobachtung. Sie wäre das logische nächste Opfer. Auch wenn diese Frau Rawen meint sie wäre nur Mitläuferin gewesen.

In Salings Akte sind aber genauso viele Beschwerden von ihr wie von den anderen beiden.

SONJA

Weiß sie denn davon?

TOMIC

Ja, Arnd und ich haben gestern mit ihr gesprochen. Sie hat alle Schuld von sich gewiesen. Sie wollte nur dazu gehören. Blah blah blah. Das Übliche halt. Jetzt hat sie jedenfalls Angst und wollte nicht mehr zur Arbeit gehen, bis wir Saling haben.

SONJA

Äh, bisher haben wir doch nur ein Motiv, oder? Ich meine, gibt es eigentlich ein einziges Beweisstück, dass Christian Saling unser Täter ist.

TOMIC

Nein. Kein Fingerabdruck, keine DNA, kein Zeuge, nichts.

SONJA

Und weswegen sollen wir ihn dann verhaften? Ja klar, alles deutet auf ihn hin, aber einen Haftbefehl, den bekommen wir doch damit nie.

TOMIC

Entweder wir erwischen ihn auf frischer Tat bei der Entführung von Frau Popps Sohn, oder wir versuchen ein Geständnis aus ihm rauszuholen.

SONJA

Und?

TOMIC

Der Chef will die Geständnisvariante.

SONJA

Riskant.

TOMIC

Ja, mir wäre es auch lieber, wenn wir einen Beweis gegen ihn hätten. Aber der Chef will nicht das Kind als Köder benutzen. Hat Angst, dass die Presse das mitbekommt. Hat irgendjemand eine andere Idee?

Niemand scheint einen Vorschlag zu haben.

TOMIC

Gut, dann holen wir ihn her. Aber bitte, sucht mir einen Hinweis. Computer, IP-Adressen, Augenzeugen, irgendwas. Ich brauche irgendwas.

MÜLLER

Haben wir denn einen Durchsuchungsbefehl? Damit wir seine Wohnung nach eben diesen Dingen durchforschen können?

TOMIC

Der Chef besorgt ihn gerade. Sonja und Arnd, ihr holt Saling bitte ab, sobald der da ist.

SONJA

Wird gemacht.

INNEN – VOR DEM BEFRAGUNGSRAUM – NACHMITTAG

Tomic steht mit Müller und Sonja vor dem Raum. Sie beraten das weitere Vorgehen.

MÜLLER

Haben die Spürnasen bei der Wohnungsdurchsuchung schon was gefunden?

TOMIC

Bis auf ein paar illegale Musikalben und Filme, nichts.

SONJA

Viele davon?

TOMIC

Nee vielleicht 7 Alben und 3 Filme. Da haben die meisten hier im Büro bestimmt mehr zu Hause rumliegen als der. Und vor allem, nichts was zum Fall passt. Keine Notizen, keine Bilder, nichts. Wir haben nichts. Arnd, hast du die Bankverbindungen mal geprüft? Irgendwelche Abbuchungen für Garagen, für Kellerräume oder Büros?

MÜLLER

Jo, bisher scheint er wirklich nur ein Konto zu haben. Und da ist nichts drauf, was wir verwenden können. Die üblichen Sachen gehen da runter.

Wohnung, Stadtwerke, Krankenkasse, Telefon, Internet, Kabelfernsehen. Sonst nichts. Bekommt monatlich einen kleinen Betrag. Der letzte große Betrag kam vor 9 Monaten. 80000 Euro. Von der gleichen Firma. Sitzt in den USA. Scheint eine Ghostwriting Firma zu sein.

TOMIC

Ghostwriting?

SONJA

Beim Ghostwriting schreibt wer was für dich. Und du gibst es dann für dein eigenes Werk aus.

TOMIC

So wie bei Guttenberg?

SONJA

Nein. Kein Plagiat. Das ist alles offiziell. Passiert häufig bei Drehbüchern von Serien. Gerade wenn die lange laufen. Bei 100 Folgen und mehr geht den Entwicklern irgendwann der Saft aus. Sie wissen vielleicht noch, wie die Serie oder zumindest die Staffel enden soll, aber der Weg dahin ist wohl manchmal schwierig. Dann werden Ghostwriter engagiert, die sollen dann einzelne Folgen schreiben. Praktisch die Serie zu ihrem Ende führen.

TOMIC

Sachen gibt's. Sonst irgendwas?

MÜLLER

Wir haben die MAC-Adresse überprüft, die Sonja gefunden hat. Passt nicht zu seinem Computer. Wir warten noch auf die Daten von seinem Internetprovider, sollten wir innerhalb der nächsten Stunden haben.

TOMIC

Was ist mit einem Anwalt?

SONJA

Er hat wen angerufen. Glaub, seinen Manager oder so. Der wollte einen besorgen.

TOMIC

Ich geh dann mal rein. Kommst du, Arnd? Ach, Sonja, schon irgendwas bei der Wolfgang-Bütrow-Untersuchung rausgekommen.

SONJA

Bisher noch nichts. Der Chef hat mir klar zu verstehen gegeben, dass dieser Fall hier Priorität hat. Deshalb konnte ich mich da noch nicht wirklich hinter klemmen. Das was ich allerdings gesehen habe bestärkt mich in meiner Annahme. Heute ist übrigens ihre Beerdigung.

TOMIC

Okay, hoffentlich kannst du da ab morgen verstärkt ran. Okay let's go.

Tomic öffnet die Tür zum Befragungsraum und betritt das Zimmer, gefolgt von Müller.

TOMIC

Herr Saling, guten Tag, mein Name ist Tomic, meinen Kollegen haben sie ja schon kennen gelernt. Wir würden Ihnen gerne ein paar Fragen stellen.

CHRISTIAN

Bin ich verhaftet?

TOMIC

Wurde Ihnen gesagt, dass Sie verhaftet sind?

CHRISTIAN

Nein.

TOMIC

Also nein, Sie sind nicht verhaftet. Wir möchten Sie nur bitten uns ein paar Fragen zu beantworten.

CHRISTIAN

Fragen können sie mich gerne, was sie wollen. Warum der Himmel blau ist, wann man das mit ß bzw. Doppel-S schreibt und wann nicht. Diese Fragen beantworte ich Ihnen gerne. Alle anderen Fragen beantworte ich nur, wenn ein Anwalt hier neben mir sitzt.

Tomic schiebt Christian ein Foto von Nora Pielich hinüber.

TOMIC

Kennen Sie diese Frau?

Christian schaut sich das Foto an, sagt aber nichts.

TOMIC

Und diese?

Auch das Foto von Alexandra Bütrow bringt keine Regung von Christian hervor.

TOMIC

Und diese?

Tomic zeigt Christian ein Foto von Laura Popp. Immer noch keine Reaktion von Christian.

TOMIC

Herr Saling, wir wissen, dass Sie alle drei Damen kennen. Viel zu gut sogar. Wir wissen, dass diese drei Grazien sie beinahe in den Selbstmord getrieben haben. Sie waren für ein halbes Jahr in einer psychiatrischen Klinik wegen dieser Frauen. Ihr Leben lag komplett am Boden.

Tomic wartet auf eine Reaktion, aber Christian schaut Tomic ruhig an.

TOMIC

Und wir wissen auch, dass sie heute Drehbücher schreiben für Serien in den USA.

Christian sieht Tomic weiter ohne Reaktion an.

TOMIC

Wieso werfen Sie das jetzt wieder weg? Ich meine, ich kann verstehen, dass Sie Rache üben wollen. Aber warum jetzt? Gerade jetzt. Jetzt wo alles wieder gut für Sie läuft?

CHRISTIAN

Wissen Sie, wie spät es ist?

MÜLLER

Haben Sie noch Termine heute?

Christian lächelt.

MÜLLER

Eine Frau?

Stille von Christian.

Müller schaut erschrocken auf. Er beugt sich zu Tomic und flüstert ihm was ins Ohr. Tomic nickt Müller zu. Müller verlässt den Raum. Tomic schaut Christian an. Beide scheinen das Spiel zu spielen, bei dem derjenige verliert, der zuerst wegschaut. Keiner der beiden verliert. Müller kommt wieder in den Raum. Tomic schaut zu ihm auf.

MÜLLER

Alles okay bei denen.

Christian schaut fragend von Müller zu Tomic. Dann scheint er erraten zu haben, worum es ging.

TOMIC

Wie gesagt, ich kann Ihre Rachegedanken verstehen. Was ich nicht verstehe, ist, dass Sie die Kinder da mit hineinziehen. DAS finde ich sogar ziemlich abstoßend. Die können nichts dafür und Sie traumatisieren diese Kinder für den Rest ihres Lebens.

Nicht nur, dass Sie ihre Mütter töten und sie nun ohne sie aufwachsen müssen, Sie entführen sie auch noch. Jedes bisschen Sympathie oder Verständnis für ihre Situation ist damit weg. Wenn man sich an Kindern vergreift, kann man keine Milde erwarten. Besonders nicht im Gefängnis. Da werden Sie viel Spaß haben. Ich gebe ihnen drei schmerzhafte Monate, bevor Sie erhängt in ihrer Zelle gefunden werden.

Christian bleibt immer noch ganz ruhig. Das Telefon klingelt. Müller nimmt ab. Tomic starrt weiter Christian an. Müller hört kurz zu, nickt, sagt „Okay", legt auf, beugt sich zu Tomic und flüstert ihm ins Ohr. Tomic starrt Christian noch eine Sekunde an und erhebt sich dann.

TOMIC

Wir sind noch nicht fertig. Das verspreche ich Ihnen.

Tomic und Müller verlassen den Raum.

TOMIC

Okay, ich will mit dem Anwalt sprechen, bevor er da rein geht. Wer ist der Anwalt?

MÜLLER

Wird dir nicht gefallen.

TOMIC

Borges?

Müller nickt.

TOMIC

Scheiße. Das hat Saling bestimmt vorher gewusst.

Sonja kommt mit dem Anwalt FRIEDHELM BORGES im Schlepptau auf Tomic und Müller zu.

SONJA

Branko, das ist ...

TOMIC

Ja, wir kennen uns. Tag, Herr Borges. Sie kennen meinen Kollegen Arnd Müller?

Borges reicht Tomic die Hand, Müller wird zugenickt.

BORGES

Tag, Herr Tomic. Klar kenne ich ihren Schoßhund. So, dann bringen Sie mich mal auf den neuesten Stand.

TOMIC

Kommen Sie kurz mit in unseren Konferenzraum. Oder wollen Sie zuerst zu ihrem Mandanten?

BORGES

Ich will zuerst wissen, was Sie ihm vorwerfen, also Konferenzraum.

Tomic bewegt sich zuerst nicht.

BORGES

Soll ich den jetzt selber suchen, oder zeigen Sie mir den Weg?

TOMIC

Hier entlang bitte.

Borges und Tomic setzen sich in Bewegung. Müller will folgen, Tomic deutet aber per Handzeichen an, dass er alleine mit Borges sprechen möchte. Müller bleibt zurück.

SONJA

Was issn das für ein arroganter Arsch?

MÜLLER

Friedhelm Borges. Wir hatten hier vor 15 Jahren eine Ermittlung gegen einen Großindustriellen, der eine Schwäche für junge Frauen hatte. Je jünger, desto besser. Die wurden aus den ehemaligen Ostblock-Staaten für ihn herangeschafft. Wenn er mit denen fertig war, wurden die dann entweder auf verschiedene Bordelle verteilt, oder entsorgt. Tomic hat damals die Ermittlungen geleitet. Über zwei Jahre haben wir Beweise gesammelt. Borges war dann der Anwalt für den Geldhansel.

SONJA

Und weiter?

MÜLLER

Zeugen verschwanden und Borges konnte erwirken, dass Beweismaterial nicht zugelassen wurde. Insbesondere Befragungen von Branko. Naja, die Klage jedenfalls wurde abgewiesen.

Der ganze Fall ist uns um die Ohren geflogen.

Und seitdem besorgt sich jeder, der es sich leisten kann Borges, wenn es um Anklagen von uns geht. Und ihn und Branko verbindet seitdem ein ganz inniges Verhältnis. Hat ihm damals gar nicht geschmeckt, dass Borges ihn so als Sündenbock dargestellt hat.

SONJA

Komisch, wenn der immer gerufen wird, wenn wir eine Anklage gegen jemanden haben, müsste ich den doch kennen. Hab den aber in den 2 Jahren hier noch nie gesehen.

MÜLLER

Ich sagte, jeder, der es sich leisten kann. Ich frag mich, wie der Saling das kann. Falls Tomic fragt, ich versuch da mal zu schauen, wie Saling auf den kommt.

INNEN – KONFERENZRAUM – NACHMITTAG
BORGES

Das ist alles? Er wurde vor Jahrzehnten gemoppt, und das ist der Grund für Ihre Verhaftung?

TOMIC

Er ist nicht verhaftet.

BORGES

Gut, dann werde ich jetzt mit ihm hier raus marschieren.

TOMIC

Herr Borges, er war es. Ich bin mir 100%ig sicher. Er entführt Kinder mit dem Ziel, dass sich die Mütter umbringen.

BORGES

Schön, dass Sie sich sicher sind. Nur haben Sie keinen einzigen Beweis. Nicht einen. Machen Sie Ihren Job, und wenn sie Beweise haben, sprechen wir weiter. Bis dahin lassen Sie meinen Mandanten in Ruhe.

TOMIC

Herr Borges ...

Borges steht auf.

BORGES

Herr Tomic, es gibt nichts mehr zu besprechen, bis Sie einen Beweis haben und nicht nur wilde Spekulationen. Sie haben doch die IP-Adresse. Wenn Sie darüber was haben, sprechen wir weiter. Bis dahin...

Borges geht zur Tür und wartet auf Tomic. Der zögert etwas, steht dann auf, öffnet die Tür und geleitet Borges in den Flur und zum Vernehmungsraum. Beide betreten das Zimmer.

BORGES

Herr Saling, mein Name ist Friedhelm Borges, ich bin Ihr Anwalt. Wir beide werden diesen gastlichen Ort jetzt verlassen, nicht wahr Herr Tomic?

Tomic brummt seine Zustimmung. Christian steht auf und sowohl er als auch Borges verlassen den Raum.

INNEN – BÜRO VON BORGES – SPÄTER NACHMITTAG

Borges und Christian sitzen an einem Tisch. Borges hat sich schon einige Notizen gemacht.

BORGES

Also, Sie haben Frau Pielich und Frau Bütrow das letzte Mal wann gesehen?

CHRISTIAN

An meinem letzten Tag in dem Büro, schätze ich. Ich weiß nicht mehr genau, ob beide auch wirklich da waren. Das ist schon so lange her.

BORGES

Sicher?

CHRISTIAN

Sicher.

BORGES

Stellen Sie sich mal vor, Sie hätten eine der Damen abends in einem Lokal gesehen. Was wäre passiert?

CHRISTIAN

In den ersten Jahren? Keine Ahnung, ich hätte denen vielleicht ins Gesicht gespuckt oder so. Keine Ahnung. Aber ich habe damit abgeschlossen, schon seit Jahren.

Also wenn ich die in den letzten beiden Jahren gesehen hätte? Wahrscheinlich gar nichts. Vielleicht ein böser Blick, aber sonst nichts.

BORGES

So wie ich das sehe, ist die einzige Möglichkeit Sie mit der ganzen Sache in Verbindung zu bringen diese IP-Adresse. Und die Daten wird die Polizei in ein bis zwei Wochen haben. Also wenn diese Adresse zu ihnen führt, sollten Sie mir das jetzt sagen. Dann können wir schon mal eine Strategie entwickeln, wie wir damit umgehen.

CHRISTIAN

Ich bin zwar kein kompletter Laie, was Computer und Internet angeht, aber ich habe keine Ahnung, ob da was zu mir führt, oder wie man das so manipulieren kann, dass es so aussieht, dass ich was damit zu tun habe. Wenn alles mit rechten Dingen zugeht, kann nichts zu mir führen.

Borges schaut Christian ernst an.

BORGES

Herr Saling, mir ist es völlig egal, ob Sie schuldig sind oder nicht. Interessiert mich nicht die Bohne. Sie bezahlen mich dafür, dass ich Sie aus dem Gefängnis raushalte. Dafür muss ich nur wissen, was Sie getan haben und was nicht. Damit wir eine Strategie entwickeln können.

Wenn Sie mir nicht die Wahrheit sagen, ist die Gefahr groß, dass wir in ein Messer laufen und nicht schnell genug reagieren können. Verstehen Sie mich?

CHRISTIAN

Ich habe nichts mit den Entführungen und dem Tod von Nora und Alexandra zu tun. Gar nichts.

Borges denkt nach.

BORGES

Gut. Ich werde ein paar Experten auftreiben, die sich diese IP-Sache mal anschauen. Mal sehen, wie und ob man das manipulieren kann. Nur für den Fall, dass die zu Ihnen führt. Wenn nicht, dann haben die gar nichts und Sie haben nichts zu befürchten. Ich mach mich dann mal an die Arbeit.

Borges steht auf und reicht Christian die Hand. Christian steht ebenfalls auf und schüttelt sie.

BORGES

Herr Saling, ich melde mich. Schönen Abend noch.

CHRISTIAN

Ihnen auch, Herr Borges. Und danke.

BORGES

Nicht dafür Herr Saling, nicht dafür.

CHRISTIAN

Haben Sie die Uhrzeit?

BORGES

Kurz nach sechs.

CHRISTIAN

Scheiße, ich habe ein Treffen um sechs. Also nochmal danke, Herr Borges.

Christian hetzt aus dem Raum. Draußen geht er zügig die Straße entlang. Nach kurzer Zeit sieht man einen Taxistand. Christian besteigt ein Taxi.

INNEN – EINE VOLLBESETZTE STUDENTENKNEIPE – FRÜHER ABEND

Christian kommt abgehetzt in das Lokal. Alle Tische sind voll besetzt. Er sieht sich um. An der Wand hängt eine große Uhr, die 18:35 Uhr anzeigt. Ganz hinten in der Ecke sieht er Angela. Er will schon zum Tisch gehen, da fällt ihm auf, dass Patrick ebenfalls am Tisch sitzt. Er bleibt stehen und überlegt. Nach ein paar Sekunden geht er an die fast voll besetzte Theke. Von dort kann man über einen Spiegel den Tisch einsehen. Er bestellt ein Bier. Patrick und Angela scheinen sich angeregt zu unterhalten. Angela schaut auf ihr Handy und wendet sich dann wieder zu Patrick. Patrick sagt etwas und Angela lacht. Christians Bier kommt. Er zahlt gleich. Angela schaut wieder auf das Handy. Sie fragt Patrick etwas. Patrick scheint über etwas nachzudenken und sagt dann was.

Angela überlegt, lächelt dann und nickt. Beide stehen auf. Christian duckt sich weg. Angela und Patrick gehen an der Theke vorbei, bemerken Christian aber nicht und verlassen zusammen das Lokal. Christian schaut traurig drein. Er steht auf und folgt den beiden auf die Straße. In knapp 30 Meter Entfernung gehen Angela und Patrick. Christian folgt ihnen. Nach kurzer Zeit scheint Christian zu erkennen, wo die beiden hingehen. An einem Wohnhaus biegen Angela und Patrick in den Eingang. Christian weiß, dass Patrick hier wohnt. Die Eingangstür schlägt hinter den beiden zu. Christian betrachtet traurig das Haus, dann macht er kehrt und geht weg.

INNEN – WOHNUNG VON PATRICK – ABEND

Patrick lässt Angela den Vortritt in die Wohnung. Drinnen ziehen beide ihre Jacken aus. Patrick führt Angela ins Wohnzimmer. Er zeigt auf das Telefon, das in einer Ladestation steht.

PATRICK

Da auf dem Telefon ist Christians Festnetznummer gespeichert. Kommst` mit dem Telefon zurecht?

ANGELA

Jo, denke schon.

PATRICK

Kann ich dir was zu trinken anbieten? Bier, Wein, Sekt?

ANGELA

Och ja, ein Sekt wäre schön.

Patrick geht in die Küche. Angela findet auf dem Telefon Christians Festnetznummer und überträgt sie in ihr Handy. Sie ruft auf dieser Nummer an. Es scheint nur ein Anrufbeantworter anzugehen. Angela legt auf, ohne drauf zusprechen. Patrick kommt aus der Küche mit zwei gefüllten Sektgläsern. Eins reicht er Angela. Beide sitzen jetzt auf dem Sofa. Sie prosten sich zu.

PATRICK

Was findest du überhaupt an Christian so toll?

ANGELA

Er ist interessant. So ganz anders als alle anderen Männer, die ich bisher kennen gelernt habe.

PATRICK

Aha.

ANGELA

Was soll denn die Frage überhaupt. Ich dachte, ihr wärt befreundet.

PATRICK

Ja, sind wir ja auch. Aber so eine klasse Frau wie du hat doch jemand Besseres verdient als diesen Miesepeter.

ANGELA

Und „jemand Besseres" bist du, ja?

Patrick rückt näher an Angela heran, während die versucht auf Abstand zu gehen. Angela stellt das Sektglas auf den Tisch.

PATRICK

Zum Beispiel.

ANGELA

Ich denke, du hast eine Freundin.

Angela macht sich zur Flucht bereit.

PATRICK

Ach, das läuft schon länger nicht mehr so richtig, das ist praktisch vorbei.

Patrick versucht Angela zu küssen. Angela windet sich von Patrick weg und steht auf.

ANGELA

Ich glaub, ich geh jetzt lieber.

Angela dreht sich weg und will in Richtung Tür gehen. Patrick springt auf und umfasst sie von hinten mit beiden Armen.

PATRICK

Und so dankst du mir, dass ich dir helfen wollte?

Angela versucht sich aus dem Griff zu winden.

ANGELA

Nein Patrick, lass mich los. Bist du verrückt geworden?

Mit einer Hand reißt Patrick Angelas Bluse auf und greift hinein. Angela schreit.

PATRICK

Ja, verrückt nach dir bin ich geworden.

Angela wehrt sich noch heftiger, kommt aber gegen Patrick nicht an. Der wirft sie auf das Sofa. Angela liegt auf dem Bauch. Bevor sie aufstehen kann, ist Patrick über ihr und drückt sie mit seinem Gewicht runter. Er greift mit einer Hand unter Angela, um ihre Hose zu öffnen. Als er das geschafft hat, zieht er den Arm zurück und versucht ihr die Hose runter zu ziehen, was er nach einiger Anstrengung schafft. Angela trägt einen schwarzen String.

PATRICK

Ich wusste, du bist ´ne Nutte. Nur Nutten tragen sowas.

Er greift den String und reißt daran. Er braucht mehrere Versuche, bis er reißt. Dabei kann sich Angela drehen. Patrick liegt jetzt auf ihr und sieht ihr ins Gesicht.

PATRICK

Hi! So habe ich das auch lieber. Du hast so schöne Augen, besonders wenn du Angst hast.

Angela versucht ihn zu beißen. Patrick schlägt ihr ins Gesicht. Blut fließt ihr aus der Nase. Patrick drückt ihr den Ellbogen auf den Hals.

PATRICK

Ganz ruhig jetzt.

Patrick greift mit einer Hand an sich runter um seine Hose zu öffnen.

PATRICK

Mein Gott ist der hart. Wir werden viel Spaß haben. Und vor allem lange.

Dadurch, dass Patrick eine Hand braucht, um seine Hose zu öffnen, ist ein Arm von Angela fast frei und wird nur durch Patricks Schulter runter gedrückt. Sie greift hinter sich und spürt eine schwere Glasvase auf dem Beistelltisch stehen. Sie greift danach, bekommt die Vase am Rand zu fassen. Patrick hat in der Zeit seine Hose geöffnet, seinen Penis hervorgeholt und dringt nun in sie ein. Angela schreit und gleichzeitig zieht sie Patrick die Vase über den Kopf. Das Blumenwasser und die Blumen fallen auf die beiden. Patrick sackt über Angela zusammen. Sie rollt ihn von sich herunter und schlägt wieder mit der Vase zu. Diesmal zerbricht sie. Angela steht auf und zieht ihre Hose wieder hoch.

ANGELA

Du dummes Schwein. Du Drecksau. Immer wieder tritt sie auf Patrick ein. Der rührt sich nicht mehr. Angela stolpert in Richtung Ausgang. Sie reißt ihre Jacke vom Hänger. Während sie die Eingangstür öffnet, greift sie nach ihrem Handy. Sie wählt über die Schnellwahlfunktion eine Nummer. Es klingelt. Angela ist im Treppenhaus.

Jemand geht ran.

ANGELA

NICKY?

AUSSEN – EIN WEIHNACHTSMARKT – ABEND

Jay steht am verabredeten Platz. Er will sich mit Sven auf dem Weihnachtsmarkt treffen. Sven ist nicht da. Jay holt sein Handy hervor und ruft Sven an. Es klingelt. Sven nimmt ab.

SVEN

Jay?

JAY

Hi. Ich bin hier auf dem Weihnachtsmarkt. Wo bist du denn?

SVEN

Ich bin zu Hause. Ich habe total vergessen dich anzurufen. Nicky ist gerade mit Angela ins Krankenhaus gefahren.

JAY

Oh! Was ist denn passiert?

SVEN

Patrick hat versucht Angela zu vergewaltigen.

JAY

WAS?

SVEN

Ja, völlig verrückt.

Sie war wohl mit Christian verabredet, der ist aber nicht aufgetaucht. Und zufällig hat sie Patrick getroffen. Keine Ahnung, jedenfalls ist sie mit dem dann zu ihm nach Hause, weil er ihr Christians Telefonnummer geben wollte. Und da hat er versucht sie zu vergewaltigen. Alter, ich dreh durch hier.

JAY

Soll ich vorbei kommen?

SVEN

Das wäre toll. Ich bin hier mit Lena alleine. Ich kann mir darauf überhaupt keinen Reim machen. Angela sah furchtbar aus und ich durfte auch überhaupt nicht in ihre Nähe.

JAY

Beruhig dich. Ich bin in 30 Minuten bei dir. Ich nehm die U-Bahn, okay?

SVEN

Alles klar, bis gleich.

JAY

Bis gleich.

Jay legt auf und verlässt zügig den Weihnachtsmarkt in Richtung U-Bahn-Haltestelle. Dort angekommen geht er die Treppe zum Bahnsteig hinunter.

INNEN – WAGON EINER U-BAHN – ABEND

Jay sitzt auf einer Längsbank in der U-Bahn. Er schaut zu Boden. Die U-Bahn hält an einer Station. Die Türen öffnen sich und Daniel kommt herein. Er sieht Jay und geht auf ihn zu.

DANIEL

Hey.

Jay blickt auf.

JAY

Hey, Daniel.

DANIEL

Das ist echt nicht fair. Du kennst meinen Namen, aber ich bezweifel irgendwie, das Heinz-Rüdiger dein wirklicher Name ist.

Jay lächelt sauer.

JAY

Mein Name ist Jay. Tut mir leid Daniel, aber mir ist grad nicht zum Plaudern zu Mute. Ich habe grad eine wirklich schlechte Nachricht bekommen und hab jetzt wenig Lust auf Smalltalk.

DANIEL

Kein Problem. Kann ich irgendwas machen?

Etwas entfernt ist eine Gruppe von 8 Jugendlichen, vielleicht 17 Jahre alt. Sie scheinen angetrunken zu sein.

JUNGE 1

Hey, ihr beiden da. Seid ihr schwul oder so?

Alle in der Gruppe lachen.

JAY

Kümmer dich um deinen Scheiß!

JUNGE 1

Ey, ich habe doch nur gefragt. Chill mal, Alter.

Die Gruppe erhebt sich einer nach dem anderen. Sie kommen langsam auf Jay und Daniel zu.

JUNGE 2

Warum bist du denn so unfreundlich zu meinem Kumpel? Er hat dich doch nur gefragt, ob ihr Schwuchteln seid.

JUNGE 1

Genau. Ich war total nett.

JAY

Und wieso hast du gefragt? Suchst du wen für heute Nacht, oder was?

Daniel versucht Jay dazu zu bewegen sich ruhig zu verhalten und aus dem Wagon zu verschwinden. Jay denkt gar nicht daran.

JUNGE 1

Seh ich etwa schwul aus?

JAY

Wenn du schon so direkt fragst, JA!

Der Junge 2 versucht Jay mit einem Schwinger von der Seite zu treffen. Jay kann dem ausweichen. Auch den nächsten Schlagversuch von Junge 1 kann er abblocken. Von einem dritten Jungen bekommt er aber einen Tritt seitlich gegen das Knie. Er knickt ein. Die übrigen 5 Jugendlichen stürzen sich auf Daniel und rufen „Juhu Schwulenklatschen!" Jay wird von einer Faust seitlich an der Schläfe getroffen. Diesmal geht er zu Boden. Daniel liegt auch am Boden. Die Jugendlichen treten auf ihn ein. Die 3 Jugendlichen über Jay folgen dem Beispiel. Nach ein paar Sekunden sagt Junge 1.

JUNGE 1

Los, zieht den mal hoch.

MANN

Jungs, hört auf, die haben doch genug.

JUNGE 1

Schnauze. Sonst bist du der Nächste.

Der Mann filmt alles mit seinem Handy. Die restlichen Fahrgäste sind zum anderen Ende des Wagons zurückgewichen und greifen nicht ein. Jay wird von Junge 2 und 3 an den Schultern hochgezogen. Aus mehreren Wunden am Kopf tropft Blut. Junge 1 zieht ein Springmesser aus der Hosentasche und drückt auf den Auslöser. Die Klinge schnellt hervor. Der Junge tritt noch einen Schritt auf Jay zu.

JUNGE 1

Ich würde dir das ja in den Arsch stecken.

Eins sticht Jay drei Mal in die Brust. Jay stöhnt auf und sackt zusammen.

JUNGE 1

Aber nachher hast du da noch Spaß dran.

Junge 2 und 3 lachen laut auf und lassen Jay los. Der fällt unkontrolliert zu Boden. Die U-Bahn rollt in die nächste Station ein und hält. Die Jugendlichen stürzen lachend aus dem Wagon in die Station und die Treppe hinauf ins Freie. Jay und Daniel liegen blutend auf dem Boden des Wagons. Niemand nähert sich ihnen. Der Zugführer macht eine Durchsage.

ZUGFÜHRER

Wegen eines Zwischenfalls hält die U-Bahn hier. Bitte alle aussteigen. Busse befördern sie weiter.

AUSSEN – VOR EINEM KINDERGARTEN – MITTAG

LILITH SEBECKY lehnt an ihrem Wagen vor einem Kindergarten. Sie blättert lustlos durch ein Frauenmagazin. Jedes Mal wenn die Tür des Kindergartens sich öffnet, schaut sie auf. An der anderen Seite des Wagens geht eine Frau vorbei. Sie bemerkt Lilith.

FRAU WAGNER

Frau Sebecky? Geht es Ihnen gut? Alles okay?

Lilith schaut überrascht auf.

                    LILITH

Hallo Frau Wagner. Natürlich ist alles okay. Ich warte nur
auf Noémi.

                 FRAU WAGNER

Das verstehe ich nicht. Ihr Mann hat angerufen und
meinte, sie hätten einen Autounfall gehabt. Er wäre jetzt
bei ihnen und würde einen Freund schicken, um Noémi
abzuholen.

                    LILITH

Wie bitte? Mein Mann? Thore?

*Frau Wagner nickt. Lilith greift nach ihrem Handy, um
ihren Mann Thore anzurufen. Bevor Sie ihn anrufen kann,
klingelt das Telefon. Frau Wagner steht neugierig neben
ihr. Das Handy zeigt eine unbekannte Nummer.*

                    LILITH

Sebecky?

                   CHRISTIAN

Hallo Lilith.

                    LILITH

Christian? Hallo. Du, sorry, ich kann jetzt nicht, ruf mich
doch so in einer Stunde an, okay?

CHRISTIAN

Schick doch einfach die Tusse vom Kindergarten weg und dann kannst du auch mit mir reden.

Lilith schaut sich um, kann aber Christian nicht entdecken.

FRAU WAGNER

Ist alles okay, Frau Sebecky? Mit Noémi alles in Ordnung?

LILITH

Ja, es ist alles okay. Das ist der Freund meines Mannes. Danke, Frau Wagner. Da gab es wohl ein Missverständnis.

Frau Wagner geht zögerlich von dannen.

LILITH

Was hast du Schwein mit meiner Tochter gemacht?

CHRISTIAN

Nichts. Zumindest noch nichts. Es geht ihr den Umständen entsprechend gut.

LILITH

Ich will mit ihr sprechen.

CHRISTIAN

Das geht jetzt nicht. Sie ist noch bewusstlos vom Chloroform. Ich denke, dass sie noch ca. 30 min. ausgeknockt ist.

LILITH

Was willst du?

CHRISTIAN

Dass du jetzt nach Hause fährst. Hinter deinem Zeitungskasten steckt ein Umschlag. Da sind Instruktionen drin. Dein Handy wirfst du in den Abfalleimer am Eingang vom Kindergarten. Das brauchst du nicht mehr. Zu Hause kannst du gerne deinen Mann anrufen. Ihr habt eine Entscheidung zu treffen. Auch wenn ich ja aus erster Hand weiß, dass du Entscheidungen, die Kinder betreffen, gerne alleine fällst. Aber vielleicht machst du ja nicht den gleichen Fehler zweimal.

LILITH

Du Drecksack, wenn du meiner Tochter irgendwas antust…

CHRISTIAN

Beruhig dich. Fahr nach Hause. Und an deiner Stelle würde ich keine Polizei informieren. Das bekomme ich mit. Und das hätte Konsequenzen. Konsequenzen, die Noémi ausbaden müsste. Du verstehst?

LILITH

Du Schwein…

CHRISTIAN

Fahr nach Hause, Lilith.

INNEN – BÜRORAUM MIT MEHREREN SCHREIBTISCHEN – MITTAG

Tomic und Müller sitzen an ihren Schreibtischen und arbeiten. Tomics Telefon klingelt. Er nimmt ab.

TOMIC

Tomic?

Er hört zu.

TOMIC

WAS? Das kann doch nicht euer Ernst sein. Findet ihn, und zwar schnell.

Er knallt den Hörer auf. Müller blickt ihn erstaunt an.

TOMIC

Diese Trottel haben Saling verloren.

MÜLLER

Wie das denn?

TOMIC

Er ist gestern nach dem Kurzbesuch in der Kneipe und dem Spaziergang nach Hause. Und da angeblich nicht wieder weg. Aber eben war wohl ein Gerichtsvollzieher bei denen am Haus und hat bei ihm geklingelt. Niemand hat geöffnet. Das kam den Kollegen komisch vor und sie haben den Gerichtsvollzieher angesprochen, zu wem er will. Lange Rede, kurzer Sinn. Er ist nicht in der Wohnung. Und keiner weiß, wie lange schon nicht.

Der könnte überall sein. So eine Scheiße. Verstärkt die Überwachung der Popp-Familie. SCHEIßE!

INNEN – WOHNZIMMER DER SEBECKYS – FRÜHER NACHMITTAG

Lilith sitzt auf dem Sofa und weint. Auf dem Wohnzimmertisch liegen die Instruktionen von Christian. THORE SEBECKY stürmt ins Wohnzimmer.

THORE

Lily. Ich bin so schnell gekommen, wie ich konnte. Was ist denn los?

LILITH

Noémi ist entführt worden.

THORE

Was?

Lilith reicht ihm die Instruktionen. Thore liest sie verstört.

THORE

Ich verstehe das nicht.

LILITH

Was gibt es daran nicht zu verstehen?

THORE

Wenn du dich nicht bis 22:00 Uhr umbringst, wird dieser Kerl Noémi töten?

LILITH

Dieser Kerl heißt Christian Saling.

Thore denkt nach.

THORE

Der Name sagt mir was. Ich weiß nur nicht was.

LILITH

Ich habe dir von ihm erzählt. Meine lange Beziehung, als ich noch ein Teenie war.

THORE

Ich verstehe nicht. Und der hat jetzt unsere Tochter entführt?

LILITH

Mein Gott, was ist denn da so schwer dran zu kapieren?

THORE

Was machen wir jetzt?

LILITH

Wir rufen die Polizei.

THORE

Aber er schreibt, dann tötet er Noémi.

LILITH

Und wie soll er das mitbekommen?

Das Telefon klingelt. Thore und Lilith sehen sich erschrocken an. Thore nimmt den Hörer ab.

THORE

Hallo?

CHRISTIAN

Ah, du musst Thore sein. Wir kennen uns noch nicht. Ich bin Christian. Ich denke, Lilith hat dich schon in meinen Plan eingeweiht, oder?

THORE

Wenn ich dich zu fassen kriege,...

CHRISTIAN

Ja ja ja, dann wirst du mir den Arsch aufreißen, mich umbringen, oder sonst was. Ich weiß. Gib mir mal Lilith, und beruhig dich mal ein bisschen. Sonst läuft das alles noch aus dem Ruder hier.

Thore gibt, völlig verdattert, den Hörer an Lilith.

LILITH

Ja?

CHRISTIAN

Stell auf Lautsprecher. Gut. Gibt es noch Nachfragen? Irgendwas nicht verstanden?

LILITH

Wie willst du mitbekommen, dass ich nicht die Polizei hinzurufe?

CHRISTIAN

Kann ich nicht. Wenn du magst, ruf sie an.

Sie hatten mich sogar gestern auf dem Revier, konnten mir aber nichts nachweisen. ABER wenn du sie anrufst, wird Noémi sterben. Definitiv.

LILITH

Nicht wenn sie dich vorher schnappen.

CHRISTIAN

Die finden mich nicht bis 22:00 Uhr. Keine Angst. Ich plane das seit zwei Jahren. Wenn du sie jedoch benachrichtigst, werden sie dich mit allen Mitteln daran hindern, dich umzubringen. Du wirst zur Not in Schutzhaft genommen. Und dann stirbt Noémi, selbst wenn du dich doch noch entschließt meine Forderung zu erfüllen. Ich lege jetzt auf. Ach, falls du denkst über die Handyverbindung finden die mich; falsch gedacht, Würstchen. Das ist ein Wegwerfhandy, das jetzt in die ewigen Jagdgründe eingeht. Und ich werde jetzt erst mit Noémi in mein Versteck fahren. Also no chance. Willst du jetzt nochmal mit Noémi sprechen?

THORE und LILITH (gemeinsam)

JA!

NOÈMI

Mama?

LILITH

Spätzchen, alles okay mit dir?

NOÈMI

Mama, ich habe Angst.

CHRISTIAN

Das reicht.

Im Hintergrund hört man Noémi weinen und lamentieren.

CHRISTIAN

So, ich werd´ jetzt auflegen. Erfülle meine Bedingung, und Noémi kann bei ihrem Vater aufwachsen. Erfüll sie nicht und ihr beide könnt darüber diskutieren, ob ihr ein neues Kind machen wollt. Eure Entscheidung. Schönen Tag noch, ihr zwei.

LILITH

CHRISTIAN! Christian, du Schwein, leg nicht auf. Bist du noch da? CHRISTIAN!

Christian hat aufgelegt.

INNEN – BÜRORAUM MIT MEHREREN SCHREIBTISCHEN – NACHMITTAG

Tomic und Müller sitzen an ihren Schreibtischen und arbeiten. Im Hintergrund wird Patrick in Handschellen in den Flur geführt. Er hat einen Kopfverband.

MÜLLER

Was issn da los?

TOMIC

Ein Vergewaltiger, der an eine geraten ist, die sich wehren konnte. Hat ihm mit einer Glasvase eins übergezogen. Kann von Glück reden, dass sein Schädel das ausgehalten hat. Dummes Schwein. Ich hasse diese Drecksäcke. Wenn es nach mir gehen würde… naja, du weißt schon.

MÜLLER

Jo, musst du mir nicht sagen. Das ist sicher eine der größten Sorgen, die man als Vater einer Tochter hat. Komische Welt ist das geworden. Hast´ das von den beiden Schwulen in der U-Bahn gehört?

TOMIC

Nein, was denn?

MÜLLER

Zwei Schwule sind in der U-Bahn von einer Jugendgang angegriffen worden. Die wollten Schwulenklatschen. Einer hat mit drei Messerstichen abbekommen, dem anderen haben sie den Kopf zu Brei getreten. Haben aber überlebt. Zumindest bis jetzt. Liegen noch auf der Intensiv und schweben in Lebensgefahr.

TOMIC

In der U-Bahn? Vor den Kameras?

MÜLLER

Jupp. Hat die kein bißchen gestört.

Müller schweigt und denkt nach.

MÜLLER

Meinst du, er ist weg?

TOMIC

Saling? Nee. Der ist noch hier. Nur ohne Beweis können
wir nicht viel machen. Borges würde uns kreuzigen. Wenn
doch nur endlich die IP-Adresse was bringen würde.

INNEN – WOHNZIMMER DER SEBECKYS – NACHMITTAG
Thore und Lilith beraten, was zu tun ist.

LILITH

Ich rufe jetzt die Polizei.

THORE

Wie kannst du sowas nur denken? Willst du echt riskieren,
dass Noémi stirbt?

LILITH

Du kennst Christian nicht. Das ist ein Feigling. Der würde
so etwas nie tun.

THORE

Und da bist du so sicher, dass du das Leben unserer
Tochter darauf wetten würdest?

LILITH

Ja, bin ich.

THORE

Ich glaube nicht, was ich da höre.

Ich bin jedenfalls nicht bereit dieses Risiko einzugehen.

LILITH

Ach so ist das also. DAS Risiko ist dir zu groß. Aber dass ich sterbe, nimmst du einfach so hin?

THORE

Mensch, so mein ich das doch gar nicht.

LILITH

Wie dann? Das sind doch die beiden Optionen, die wir haben. Entweder ich sterbe sicher, oder Noémi vielleicht. Das ist für mich eigentlich keine Frage.

THORE

Jetzt mal ganz ehrlich. Das sind noch nicht mal 6 Stunden bis zur Deadline. Was soll die Polizei da noch ausrichten?

LILITH

Woher soll ich das wissen. Ich weiß nur, ich werde mich NICHT umbringen.

THORE

Lily...

LILITH

Nein, Thore, da diskutieren wir auch nicht drüber. Wir rufen jetzt die Polizei.

Thore wird wütend. Er springt auf.

THORE

Das ist nicht alleine deine Entscheidung!

LILITH

Ach, setz dich wieder hin. Um dein Leben geht es hier ja auch nicht.

THORE

Aber um das Leben unserer Tochter. Ich muss mich zwischen meiner Tochter und der Frau, die ich liebe, entscheiden.

LILITH

Deine Entscheidung steht doch schon fest! Du würdest mich opfern, ohne mit der Wimper zu zucken.

THORE

Wie bitte? Meinst du, das ist leicht für mich? Für dich ist das anscheinend aber ganz eindeutig. Ich habe mich noch nicht entschieden, Mensch.

LILITH

Blah Blah Blah. Es ist aber nicht deine Entscheidung. Es ist meine!

Thore ist vollkommen entsetzt.

THORE

Ich erkenn dich überhaupt nicht mehr. Was hast du ihm eigentlich getan, dass er so wütend auf dich ist.

LILITH

Nichts habe ich ihm getan.

Ich habe ihn das letzte Mal vor 7 Jahren gesehen und das letzte Mal mit ihm vor 3 Jahren gesprochen. Was soll ich ihm denn getan haben.

THORE

Na, wenn er zu so extremen Mitteln greift...

LILITH

WAS? WAS WILLST DU VON MIR? Ist das alles jetzt meine Schuld? Der ist total durchgedreht UND ICH BIN NATÜRLICH SCHULD! Spinnst du jetzt total?

Thore wendet sich von ihr ab.

THORE

Du rufst NICHT die Polizei.

LILITH

Was willst du dagegen tun, hä? Mich fesseln? Mich umbringen? Du Schlappschwanz hast doch gar nicht den Mut dazu.

Lilith spuckt Thore an den Nacken. Thore dreht sich wie von der Tarantel gestochen um und blickt Lilith böse an. Die lacht ihm ins Gesicht.

THORE

Das hat ein Nachspiel, das sag ich dir. Wenn Noémi stirbt, wirst du dafür zahlen, das schwöre ich dir.

LILITH

Pfft, schwör was du willst. Ein Nachspiel?

Verkriech dich in dein Loch und lass mich in Ruhe. Ich werde mich nicht für das Mädchen opfern.

THORE

Das Mädchen? Das Mädchen heißt Noémi und ist deine Tochter. Hast du schon so damit abgeschlossen, dass du noch nicht mal mehr ihren Namen sagen kannst.

LILITH

Du widerst mich an.

Thore ist so geschockt, dass er nichts macht, als Lilith zum Telefon greift und wählt.

LILITH

Hallo. Ich muss eine Entführung melden.

AUSSEN – AN EINEM SEE MITTEN IM WALD – FRÜHER ABEND

Christian rollt mit dem Wagen in den Parkbereich neben der Hütte. Er steigt aus, geht um das Auto und öffnet die hintere Beifahrertür. Noémi bleibt stur sitzen.

CHRISTIAN

Noémi, bitte, komm aus dem Auto.

Noémi bleibt stur sitzen.

CHRISTIAN

Ach, komm schon, Sweetie. Du wirst nicht da drin sitzen bleiben und ich will dir nicht weh tun.

NOÉMI

Hast du aber schon.

CHRISTIAN

Das tut mir leid. Ich habe versucht dir so wenig weh zu tun wie möglich. Ich entschuldige mich wirklich dafür.

Noémi scheint darüber nachzudenken.

CHRISTIAN

Schau mal. Ich kann dich da drin nicht sitzen lassen. Also muss ich dich da aus dem Auto holen. Und wenn ich das gegen deinen Willen machen muss, wird dir das weh tun. Und das will ich nicht. Also bitte komm raus.

Noémi gibt nach und klettert aus dem Wagen.

CHRISTIAN

Danke. Ich bin froh, dass wir das so regeln konnten.

NOÈMI

Wann kann ich wieder zu meiner Mama?

CHRISTIAN

Bald. Wenn es wieder hell ist, bist du wieder zu Hause. Das versprech ich dir. Komm, wir gehen ins Haus.

Christian und Noémi gehen zur Hütte. Christian öffnet die Tür, schaltet das Licht an und lässt Noémi den Vortritt.

CHRISTIAN

So, hereinspaziert. Komm, ich helf dir mit der Jacke.

Noémi will sich aber nicht beim Ausziehen der Jacke helfen lassen.

CHRISTIAN

Ich mach mal den Ofen an, damit wir es hier drin schön kuschelig haben.

Christian stapelt Holzscheite im Ofen und entfacht ein Feuer.

CHRISTIAN

So, gleich ist es schön warm hier drin.

Die ganze Zeit hat Noémi ihn nicht aus den Augen gelassen. Jetzt schaut sie sich in der Hütte um.

NOÈMI

Das ist ja komisch hier.

CHRISTIAN

Was meinst du?

NOÈMI

Von draußen sah das aus wie unser Geräteschuppen. Da sind Schaufeln und so drin und der Rasenmäher. Das hier drin sieht aber nicht aus wie unser Schuppen.

CHRISTIAN

Das ist eine Jagdhütte, kein Geräteschuppen. Euer Schuppen soll nur dafür sorgen, dass die Werkzeuge nicht nass werden, weil sie sonst rosten und man schnell wieder neue kaufen muss.

Eine Jagdhütte ist zum Übernachten da. Wenn ein Jäger auf der Jagd ist, macht er das immer ganz früh morgens. Wenn er nicht mitten in der Nacht aufstehen will und dann erst hier her fahren will, übernachtet er hier und ist dann gleich da, wenn die Sonne aufgeht.

NOÈMI

Und was macht er dann am Abend hier?

Christian geht zu einem Kasten über dem ein Laken hängt. Er zieht das Laken weg. Darunter ist ein alter Fernseher auf einem Tisch. Unter dem Tisch ist ein DVD-Player.

CHRISTIAN

Fernseh gucken zum Beispiel. Oder Angeln am See.

NOÈMI

Ich war auch schon mal angeln. Mit Mama.

CHRISTIAN

Das habe ich deiner Mama beigebracht.

NOÈMI

Ehrlich?

CHRISTIAN

Ja, aber das ist schon ganz lange her. Da warst du noch gar nicht geboren.

NOÈMI

Und Papa hast du das nicht beigebracht? Der kann das gar nicht.

CHRISTIAN

Das ist so lange her, da kannte deine Mama deinen Papa auch noch gar nicht.

Noémi denkt darüber nach, entdeckt dann aber das Bett und die kleine Küchennische.

NOÈMI

Ich habe Hunger.

CHRISTIAN

Ja, das kann ich mir vorstellen. Mir knurrt auch schon der Magen. Was möchtest du denn essen?

Noémi zuckt mit den Schultern.

CHRISTIAN

Magst du Spaghetti?

Noémi nickt euphorisch.

CHRISTIAN

Prima, da habe ich auch Lust drauf. Spaghetti für alle. Willst du, bis das Essen fertig ist, einen Film schauen?

NOÉMI

Au ja.

CHRISTIAN

Kennst du Timon und Pumba?

NOÈMI

Jaaaaa, die mag ich.

CHRISTIAN

Na, dann Timon und Pumba.

Christian schaltet den Fernseher ein und legt eine DVD in den DVD-Player. Dann geht er in die Küche und beginnt das Nudelwasser aufzusetzen. Noémi blickt zu ihm rüber. Christian wendet ihr den Rücken zu. Sie steht auf und geht zu ihm rüber. Sie zupft ihm am Pullover. Christian dreht sich zu ihr und lächelt sie an.

CHRISTIAN

Was ist denn? Musst du auf die Toilette?

Noémi schüttelt den Kopf.

CHRISTIAN

Was dann?

NOÈMI

Ich will zu meiner Mama.

CHRISTIAN

Ja, ich weiß. Es tut mir Leid. Ich kann dich noch nicht zurück bringen. Aber bald.

Noémi steigen Tränen in die Augen.

CHRISTIAN

Möchtest du weinen? Kann ich verstehen, Süße. Komm her. Du kannst weinen, so lange willst, okay?

Noémi fängt an zu weinen. Christian bietet ihr an sie auf den Arm zu nehmen.

Sie breitet ihre Arme aus und Christian nimmt sie auf den Arm und wiegt sie. Noémi weint bitterlich für ein paar Sekunden, dann beruhigt sie sich langsam.

CHRISTIAN

Besser?

Noémi nickt und wischt sich Tränen mit ihrem Ärmel aus den Augen.

CHRISTIAN

Möchtest du ein Geschenk haben?

Noémi schaut interessiert auf und nickt.

CHRISTIAN

Dann musst du jetzt ganz ehrlich zu mir sein, okay?

Noémi nickt.

CHRISTIAN

Versprochen?

Noémi nickt energisch.

CHRISTIAN

Okay, also dann. Ich stelle dir eine Frage und du musst sie mir beantworten, ja?

Noémi nickt.

CHRISTIAN

Also gut, die Frage lautet: Hast du dich schon mal gefragt, ob deine Mama dich wirklich lieb hat.

Noémi zögert und nickt dann vorsichtig.

CHRISTIAN

Du hoffst ja, oder? Aber sicher bist du dir nicht, oder?

NOÈMI

Meine Mama hat mich ganz doll lieb.

CHRISTIAN

Und da bist du dir sicher?

Noémi nickt.

CHRISTIAN

Und warum hast du dich dann das gefragt?

Noémi zuckt mit den Schultern.

CHRISTIAN

Willst du wissen, warum du dich das gefragt hast?

Noémi nickt zögerlich.

CHRISTIAN

Weil du eben nicht sicher bist. Du hoffst es, du glaubst es und eigentlich weißt du es auch. Aber ganz sicher bist du nicht. Willst du wissen, was ich dir schenke?

Noémi nickt.

CHRISTIAN

Ich schenke dir, dass du gaaaanz sicher sein kannst, dass deine Mama dich liebt. Dass du das Allerallerwichtigste für sie bist. Und weißt du wie ich das mache?

Noémi schüttelt den Kopf.

CHRISTIAN

Ganz einfach. Wenn du morgen früh nach Hause kommst und deine Mama ist nicht da, dann bist du das Allerwichtigste für sie. Du bist wichtiger für sie als ihr eigenes Leben. Sie liebt dich über alles und nie wird sich das ändern. Verstehst du?

Noémi schüttelt den Kopf.

CHRISTIAN

Keine Sorge, das wirst du. Aber was ist, wenn sie doch da ist?

Noémi zuckt mit den Schultern.

CHRISTIAN

Dann freust du dich, das ist klar. Aber das heißt auch, dass sie dich nicht über alles liebt. Du bist nicht das Wichtigste.

Noémi denkt darüber nach.

CHRISTIAN

Du wirst es noch verstehen. Später. Keine Angst.

NOÈMI

Warum ist sie nicht da, wenn ich nach Hause komme?

CHRISTIAN

Weil ich ihr gesagt habe, dass sie wo hingehen soll. Das ist für deine Mama aber nicht schön. Das macht sie nur, wenn sie dich über alles liebt, okay?

Und sie kann nicht wieder da sein, wenn du zurückkommst. Das heißt aber auch, wenn sie da ist, dann war sie gar nicht weg. Ich weiß, das ist schwierig zu verstehen, du kapierst das schon irgendwann.

Noémi denkt nach.

NOÈMI

Meine Mama soll weit weg fahren, wenn sie mich lieb hat?

CHRISTIAN

Ja, genau.

NOÈMI

Und wenn ich nach Hause komme ist sie noch nicht wieder da?

CHRISTIAN

Du hast es kapiert. Du bist echt schlau.

Noémi lächelt schüchtern. In diesem Moment klingelt die Eieruhr. Die Nudeln sind fertig.

INNEN – WOHNZIMMER DER SEBECKYS – KURZ VOR 22:00 UHR

Tomic unterhält sich mit einem anderen Beamten von der E-Crime-Abteilung.

TOMIC

Ich verstehe es immer noch nicht.

Wieso dauert es mehr als drei Wochen, bis wir die Daten von der ersten Verbindung haben und hier geht es praktisch instant.

E-CRIME-BEAMTER

Eigentlich ganz einfach. Diesmal sind wir live dabei. Und wir schicken einfach ein Signal den ganzen Weg zurück. Unser Signal. Und dieses Signal gibt immer eine Rückmeldung, wo es gerade ist. Deshalb können wir es zurückverfolgen.

TOMIC

Naja, wenn Sie es sagen. Sie sind sich hoffentlich ganz sicher. Das Leben eines Kindes hängt davon ab.

E-CRIME-BEAMTER

Na klasse. Noch mehr Druck können sie mir wohl nicht aufladen, oder?

TOMIC

Ja am Schreibtisch ist es schön sauber und sicher, was?

E-CRIME-BEAMTER

Arsch.

Der E-Crime-Beamte geht aus dem Raum. Tomic geht in den Keller. Dort wird Lilith von Sonja vorbereitet. Tomic geht zu Lilith.

TOMIC

Alles okay, Frau Sebecky?

LILITH

Ja, ich denke schon. Klingt ja recht einfach. Ich steig auf den Stuhl und kipp ihn um. Ich häng dann da und tu so, als ob ich ersticke. Sie geben mir dann ein Zeichen, wann ich mich totstellen soll. Und sagen mir dann Bescheid, wenn die ganze Farce vorüber ist. Das kann 5-6 Minuten dauern.

TOMIC

Genau.

Er blickt zu Sonja.

TOMIC

Bereit?

Sonja nickt.

TOMIC

Okay dann los. Alle auf ihre Plätze. Frau Sebecky, steigen Sie schon mal auf den Stuhl?

LILITH

Okay.

Sie steigt auf den Stuhl und sieht nervös aus. Tomic und Sonja gehen in eine Ecke des Kellers. Tomic blickt sich um.

TOMIC

Wo ist denn der Ehemann?

SONJA

Glaub oben im Kinderzimmer. Hab den nur einmal kurz gesehen.

TOMIC

Komisch.

SONJA

Nicht wirklich. Er war nicht damit einverstanden, dass sie die Polizei ruft. Er wollte, dass sie das so durchziehen, wie es Saling von ihnen verlangt hat. Und jetzt, wo wir ihnen eine Möglichkeit gezeigt haben, die Bedingungen zu erfüllen, ohne sie zu töten, ist er sauer.

TOMIC

Stell dir mal die Diskussion vor. Ich geb den beiden noch ein paar Wochen, dann ist diese Ehe Geschichte.

SONJA

Branko, der Eheberater.

TOMIC

Ja lach nur.

Tomic wendet sich an alle.

TOMIC

Achtung bitte. Können wir loslegen? Keine Einwände? Frau Sebecky? Okay. Dann los, bitte Laptop hochfahren. Programm ready? Okay, dann Kamera an. Und los, Frau Sebecky.

Lilith spielt ihren Part. Tomic blickt zum Computerexperten. Der deutet mit dem Daumen nach oben. Plötzlich stutzt er. Er scheint nachzudenken.

Dann springt er auf.

E-CRIME-BEAMTER

Wir können mit dem ganzen Spuk aufhören.

Alle sind überrascht. Tomic geht zu ihm rüber.

TOMIC

Was ist los?

E-CRIME-BEAMTER

Wie soll ich das erklären? Das ist sowas wie ein Ringsignal.

TOMIC

Ein was?

E-CRIME-BEAMTER

Das Signal läuft im Kreis. Es läuft einmal über den ganzen Erdball und kommt hier wieder an.

TOMIC

Versteh ich nicht.

E-CRIME-BEAMTER

Niemand empfängt dieses Signal. Bzw. Der Computer, der es sendet, empfängt es.

TOMIC

Und da schaut keiner zu?

E-CRIME-BEAMTER

Nein, wenn sich da einer zugeschaltet hätte, würde ich das merken. Niemand hat das Schauspiel von Frau Sebecky gesehen.

TOMIC

Und bei den anderen beiden Opfern?

E-CRIME-BEAMTER

Kann ich noch nicht sagen, aber ich tippe darauf, dass es
da genauso war.

*Tomic geht nachdenklich vom E-Crime-Beamten weg.
Müller und Sonja gesellen sich zu ihm.*

MÜLLER

Verstehst du das?

TOMIC

Was da eben passiert ist, oder warum es so passiert ist?

MÜLLER

Beides.

TOMIC

Das technische Kauderwelsch hab ich soweit verstanden,
dass niemand zugeschaut hat. Mehr muss ich nicht wissen.
Naja und das andere. Ich denk noch drüber nach.

SONJA

Wenn der nie zugeschaut hat, wie wusste der, dass die
Mütter sich umgebracht haben. Ich mein, sonst hätte er
die Kinder ja nicht freigelassen.

TOMIC

Hätte er nicht? Was, wenn er nie vorhatte, den Kindern
etwas anzutun.

MÜLLER

Naja sie zu entführen, nenne ich nicht gerade ihnen nichts antun.

TOMIC

Ja natürlich, aber sie waren nie in Gefahr ihr Leben zu verlieren. Er wollte nur an die Mütter.

SONJA

Ja, aber wenn sie sich alle nicht umgebracht hätten?

TOMIC

Schau dir die beiden Sebeckys an. Die haben sich bis aufs Blut zerstritten, um die Frage, ob sie das riskieren könnte, sich nicht an die Anweisungen zu halten. Die Pielichs haben sich dafür entschieden, dass sich Nora opfern muss. Bei den Bütrows genauso, oder vielleicht auch nicht. Das werden wir noch sehen. Wenn die Mütter sich nicht umbringen, was sagt das dann über sie aus. Was sagt das über Lilith Sebecky?

INNEN – EIN POLIZEIREVIER – gegen 23:00 Uhr

Christian betritt mit Noémi auf dem Arm das Polizeirevier. Noémi schläft. Er tritt an den Tresen. Ein Polizist wendet sich ihm zu.

CHRISTIAN

Hallo, guten Abend.

POLIZIST

Guten Abend, wie kann ich Ihnen helfen?

CHRISTIAN

Mein Name ist Christian Saling. Und das hier ist Noémi Sebecky. Ich habe Noémi heute Mittag entführt und möchte mich nun stellen. Bitte rufen Sie Kommissar Tomic bei der Kripo an, der führt die Ermittlungen gegen mich.

Der Polizist schaut Christian fassungslos an.

INNEN – EIN GERICHTSSAAL – MITTAG

Es ist die Gerichtsverhandlung gegen Christian. Lilith macht gerade ihre Aussage. Thore und Noémi sitzen im Zuschauerraum. Noémi starrt auf Christian. Der dreht sich zu Thore und Noémi. Noémi winkt ihm zu. Lilith rastet aus.

LILITH (in Richtung Christian)

Hey, schau sie nicht an, du Schwein. Hörst du mich, schau sie nicht an. Darf er das? Thore, bring sie raus!

Christian zwinkert Noémi zu und dreht sich wieder zu Lilith. Noémi starrt weiter auf Christians Rücken. Der Richter ruft alle zur Ordnung und unterbricht die Verhandlung für die Mittagspause. Christian wird aus dem Saal geführt.

INNEN – EINE ZELLE – MITTAG

Christian ist in einer Zelle.

Auf dem Tisch steht ein Tablett mit Essen. Er schaut aus dem Fenster. Man sieht, wie Thore, Lilith und Noémi das Gerichtsgebäude verlassen. Noémi geht zwischen ihnen. Lilith versucht sie an die Hand zu nehmen. Noémi entzieht sich ihr und greift demonstrativ Thores Hand. Christian lächelt.

ENDE